Bian

APASIONADO ENCUENTRO
Carol Marinelli

Editado por Harlequin Ibérica.
Una división de HarperCollins Ibérica, S.A.
Núñez de Balboa, 56
28001 Madrid

© 2018 Carol Marinelli
© 2018 Harlequin Ibérica, una división de HarperCollins Ibérica, S.A.
Apasionado encuentro, n.º 2670 - 26.12.18
Título original: Claiming His Hidden Heir
Publicada originalmente por Harlequin Enterprises, Ltd.

I.S.B.N.: 978-84-9188-994-6
Depósito legal: M-32224-2018
Impresión en CPI (Barcelona)
Fecha impresion para Argentina: 24.6.19
Distribuidor exclusivo para España: LOGISTA
Distribuidor para México: Distibuidora Intermex, S.A. de C.V.
Distribuidores para Argentina: Interior, DGP, S.A. Alvarado 2118.
Cap. Fed./Buenos Aires y Gran Buenos Aires, VACCARO HNOS.

Prólogo

NO IBA a contratar a Cecelia Andrews.
El magnate de propiedades inmobiliarias Luka Kargas ya había decidido que la candidata número dos sería su asistente personal.

–La señorita Andrews está aquí para la entrevista –le informó Hannah, su actual asistente personal.

–No es necesario que la entreviste –respondió Luka–. He decidido contratar a la candidata número dos.

–¡Luka! –exclamó Hannah en tono de reproche, se sentía más audaz ahora que iba a dejar el trabajo–. Al menos, ten un poco de consideración. Ha pasado ya por dos entrevistas y, además, está lloviendo a mares. Ha tenido que cruzar todo Londres con este tiempo para venir aquí.

–No me interesa –dijo Luka impertérrito–. Sería una pérdida de tiempo.

Y su tiempo era muy valioso.

Pero, en ese momento, Luka recordó de repente que Justin, un contacto valioso, había recomendado personalmente a la señorita Andrews.

–Está bien, hazla pasar –dijo Luka con la intención de deshacerse de la candidata lo antes posible.

Con impaciencia, tamborileó con los dedos en la

superficie del escritorio mientras esperaba a la candidata número tres.

—Señorita Andrews —Luka se puso en pie, estrechó la mano de la mujer y vio que llevaba un anillo de compromiso.

No iba a contratarla. Esa mujer necesitaría tener el novio más paciente del mundo para tolerar la cantidad de horas extras que debería dedicarle a él.

Y todo el mundo sabía cómo era él.

—Siéntese, por favor.

Cecelia se había documentado a fondo respecto a ese hombre e incluso su actual asistente personal le había comentado, durante dos prolongadas entrevistas, lo mal chico que era.

—Tendría incluso que tratar con sus novias o, mejor dicho, exnovias —le había explicado Hannah—. A veces es muy difícil. Luka trabaja mucho durante los días laborables; durante los fines de semana se dedica a romper corazones.

Cecelia sabía mucho de eso y no precisamente en relación con el trabajo. Aborrecía a los ricos, como ese hombre, entregados al lujo y al placer; su madre, Harriet, había vivido y muerto así.

No obstante, la moral de Luka Kargas era asunto suyo, no de ella. Cecelia se había propuesto trabajar para la realeza y él era un paso adelante en su camino para conseguir lo que quería, eso era todo.

—Tiene un yate, ahora está atracado en Xanero —le había dicho Hannah.

—¿Es él de Xanero? —había preguntado Cecelia, aunque eso ya lo había averiguado.

—Sí, aunque usted no tendrá que acompañarle allí

ni verse involucrada en los negocios que su familia tiene en Xanero.

Cecelia no quería tener nada que ver con ese hombre a nivel personal. Para ella, Luka Kargas era un nombre que añadir en su currículum vitae después de un año de trabajar en su empresa.

Pero ahora que le había conocido por fin y que los dedos morenos de Luka Kargas rodeaban los suyos, no pudo evitar sentirse atraída por él.

–Hannah me ha dicho que le ha pillado la tormenta –Luka frunció el ceño.

Desde la ventajosa posición de su despacho en el piso cuarenta de un edificio, Luka había visto las borrascosas nubes extendiéndose por Londres. La candidata número dos había llegado completamente empapada y había pedido a Hannah diez minutos para acicalarse antes de la entrevista.

Sin embargo, Cecelia Andrews presentaba un aspecto impecable. Iba vestida con un traje de chaqueta gris oscuro, llevaba el cabello rubio recogido en un moño y su maquillaje era discreto y perfecto.

–Sí, me ha pillado la tormenta, pero iba preparada –contestó Cecelia.

Y más le valía, pensó Cecelia, porque el impacto que ese hombre estaba ejerciendo en ella era algo inusitado.

Luka Kargas iba vestido con un traje oscuro, corbata y una camisa blanca que contrastaba con su piel morena. Y aquella mañana no se había afeitado.

La atmósfera cambió entre ellos, era como si la tormenta eléctrica se hubiera filtrado por la ventana y se hubiera unido a ellos dos.

Su tía le había aconsejado alejarse de hombres como Luka Kargas; y aunque había estado segura de poder manejarse bien con él y de que jamás le atraería un hombre así, el impacto de su presencia la había pillado desprevenida.

—Hannah debe de haberle explicado que este trabajo requiere muchas horas al día.

—Sí, así es.

—A veces hasta dieciséis horas.

—Sí —Cecelia asintió.

—Y tendrá que viajar mucho —dijo Luka—. Aunque, por mucho trabajo que haya, contará con los fines de semana libres.

Cecelia esbozó una tensa e irónica sonrisa.

—Lo digo completamente en serio —reiteró Luka—. A partir del viernes por la noche, el fin de semana es suyo.

—Aunque no saldré de aquí a las cinco de la tarde, ¿verdad?

—No. Por lo general saldrá a las diez.

Lo que significaba que no era todo el fin de semana, pensó Cecelia mientras Luka paseaba sus negros ojos por los papeles de ella.

—¿Por qué dejó a Justin?

—Porque no quería vivir en Dubái.

—Yo voy allí con frecuencia —declaró Luka—. Lo que significa que usted también tendría que ir.

—No tengo inconveniente. Simplemente no quiero vivir allí —respondió Cecelia. Y sabía, estaba segura, que Luka Kargas se había referido al hecho de que ella tenía novio y que la opinión de él había condicionado su decisión.

Y tenía razón.

Gordon se había negado rotundamente a que ella viviera en Dubái.

—¿Habla griego? —preguntó Luka.

—No —contestó ella; de repente, esperó que hablar griego fuera un requisito primordial para acceder a ese puesto de trabajo y así poner punto final a aquella tortura.

Era una tortura porque se le había hecho un nudo en el vientre y, de repente, pudo sentir el peso de sus pechos. Jamás una persona le había hecho reaccionar de forma tan violenta.

Luka Kargas parecía muy aburrido.

—¿Habla algún otro idioma? —preguntó él.

—Algo de francés —en realidad, lo hablaba muy bien, había pasado un año en Francia, trabajando.

Los negros ojos de ese hombre era hipnotizantes y su brusca indiferencia la hizo descruzar y volver a cruzar las piernas.

Hasta ese momento, el sexo había sido para ella una experiencia agradable, aunque a veces también una carga. Sin embargo, ahora estaba delante de un hombre que la hacía pensar en el sexo.

—Señorita Andrews...

—Cecelia —le corrigió ella, porque no quería dar la impresión de ser una estirada solterona.

No lo era.

Estaba prometida e iba a casarse; y, en ese momento, no quería olvidarlo por nada del mundo.

—Está bien, Cecelia —él asintió—. Veo que no tienes experiencia en la industria del turismo y la hostelería.

—No, no la tengo —confirmó Cecelia.

–Y he notado que llevas un anillo de compromiso.

–¿Perdón? –Cecelia frunció el ceño–. No veo que eso pueda tener importancia.

Luka vio que el contacto que Cecelia Andrews había dado en caso de urgencia era el de su tía, no el de su novio.

Y eso le intrigó.

–¿Estás prometida?

–Sí –respondió ella irritada–. Aunque no creo que eso sea asunto suyo.

–Cecelia, si quieres trabajar para mí, será mejor que sepas desde el principio que no soy una persona políticamente correcta. Te lo voy a dejar muy claro: no quiero una asistente personal a punto de organizar su gran boda y tampoco quiero una persona que tenga que salir a las seis del trabajo con el fin de evitar que su novio se enfade con ella.

Cecelia apretó la mandíbula porque, a veces, Gordon se comportaba así.

–Señor Kargas, mi vida personal no es asunto suyo y no lo será jamás.

¡Y no lo sería jamás porque no iba a trabajar allí!

–Acércate –dijo él.

Luka se puso en pie y se acercó a los ventanales que ocupaban una pared del suelo al techo.

Nunca había tenido una entrevista así, pensó Cecelia mientras se levantaba del asiento y se aproximaba a él.

¡Qué alto era!

Y olía como si se hubiera dado un baño de bergamota con un fondo de testosterona.

–Mira la vista –dijo Luka.

–Impresionante –Cecelia asintió mientras contemplaba la vista de un húmedo Londres. El cielo gris comenzaba a despejarse y unos tonos plateados lucían en los contornos de unas nubes negras, pero no pudo ver un arco iris.

–El trabajo es tuyo –dijo Luka, y ella frunció el ceño–. Cuando termines de trabajar el viernes, hasta el lunes, el mundo es tuyo –Luka la miró–. Pero cuando estés aquí...

Luka Kargas esperaba entrega absoluta. Cecelia le entendió muy bien.

–¿Cuándo puedes empezar? –preguntó Luka.

Antes de rechazar la oferta, Cecelia respiró hondo y consideró las ventajas de ese trabajo: un salario casi el doble del actual, viajes constantes y el apellido Kargas en su currículum.

Después pensó en las desventajas.

Sesenta horas de trabajo a la semana al lado de ese deslumbrante hombre.

La atracción que sentía por él era inesperada y perturbadora.

No sabía qué hacer.

–Necesito tiempo para pensarlo –respondió Cecelia.

–Lo siento, yo necesito una persona que se fíe de su instinto y pueda tomar decisiones en el momento.

Luka quería que esa mujer trabajara para él.

Le había impresionado, a pesar de haber esperado lo contrario; sin embargo, algo le decía que si Cecelia Andrews salía por esa puerta no volvería.

–Te lo preguntaré otra vez. ¿Cuándo puedes empezar?

«¡Nunca!», le gritó su instinto.

—Ahora mismo —respondió Cecelia, sorprendida por su decisión—. Puedo empezar ahora mismo.

—Bienvenida a bordo.

Y mientras Luka le estrechaba la mano, Cecelia se dijo a sí misma que podría manejar la situación.

Capítulo 1

LUKA, tras considerarlo seriamente, he decidido...».

Cecelia se despertó un momento antes de que sonara el despertador y, mientras oía los ruidos de la calle desde su piso de Londres, pensó en cómo dimitir de su puesto de trabajo.

¿Y cuándo?

¿Cuándo le iba a decir que no quería renovar su contrato de trabajo, a primera hora del día o al final de la jornada?

La mayoría de la gente le iba a decir que era una locura dejar ese trabajo.

El salario era increíble, los viajes eran maravillosos, aunque agotadores, pero después de once meses de trabajar para Luka, había alcanzado su límite.

Luka era un mujeriego empedernido. Y no era una opinión personal, era un hecho.

¡Lo sabía muy bien, ella era su asistente personal!

Ya no podía más. Por eso, el viernes, después de que Luka hubiera ido a la azotea para montarse en su helicóptero con el fin de pasar un fin de semana de libertinaje en Francia, Cecelia había agarrado el teléfono y había aceptado un contrato de seis meses para trabajar como asistente personal de un diplomático extranjero, mayor y respetable.

Aunque el salario era más bajo y el trabajo tenía menos ventajas, iba a estar mucho más tranquila y asentada.

Fue al agarrar el teléfono para ver la hora cuando se dio cuenta de que era su cumpleaños. Daba igual, nunca se había dado importancia a los cumpleaños en su vida familiar. Sus tíos la habían criado desde los ocho años, nunca habían celebrado los cumpleaños y su madre, antes de morir, tampoco.

Vio entonces el mensaje que Luka le había enviado durante la noche:

No voy a la oficina hoy, Cece. Cancela todas mis reuniones. Te llamaré luego.

Cecelia apretó los dientes, Luka tenía la manía de llamarla «Cece», algo que no soportaba. Pero también frunció el ceño porque, en los once meses que llevaba siendo la asistente personal de Luka, era la primera vez que él se tomaba un día libre. ¡Y justo el día que ella necesitaba hablar con él!

Debido a la ausencia de su jefe, iba a ser un día de mucho trabajo, un día complicado. Así pues, hizo un esfuerzo y se levantó de la cama.

Cecelia se duchó rápidamente y continuó con su rutina habitual. Estuviera donde estuviese, siempre hacía lo mismo: dejaba preparada por la noche la ropa que iba a ponerse al día siguiente, lo mismo hacía con el desayuno, que se tomaba antes de peinarse.

La rutina era algo esencial en su vida, la necesitaba para sentirse bien. Quizá fuera una forma de compensar el caos que la había rodeado hasta los ocho años, los ocho años que había vivido con su madre.

El color de su cabello era rubio rojizo, pero se lo había teñido para tornarlo en un rubio neutro. Se peinó los suaves rizos y se recogió el pelo en una cola de caballo.

Después, mientras se maquillaba, sus verdes ojos se agrandaron al oír lo que alguien estaba diciendo por la radio:

—«¿Qué demonios esperaba esa mujer después de involucrarse con Luka Kargas?».

No le sorprendió que alguien mencionara a su jefe por la radio; más bien, le irritó. Ni a las siete de la mañana, en su dormitorio, podía escapar de él.

Luka era un hombre muy conocido y, aunque se le nombraba en las secciones financieras de los periódicos, también se hablaba de él en las revistas del corazón.

Al parecer, había habido una fiesta loca en su yate el viernes anterior, en Niza.

Cecelia apretó los labios mientras oía que, después de la fiesta en el yate, Luka y algunos de los invitados a esa fiesta habían visitado unos casinos en París. Y ahora, una supermodelo, después de una noche de pasión, lloraba porque sus esperanzas de prolongar la relación con Luka se habían visto frustradas.

Una tonta por dejarse engañar, pensó Cecelia. Todo el mundo sabía cómo era Luka con las mujeres.

Pero la gente no conocía realmente a Luka. Él era sumamente reservado respecto a ciertos aspectos de su vida privada, a los que nadie, absolutamente nadie, tenía acceso, y menos su asistente personal.

Por lo que ella había podido deducir, Luka siempre había tenido una vida privilegiada. Su padre era el propietario de un lujoso complejo turístico en Xanero con un restaurante conocido en todo el mundo y otros restaurantes en diferentes países. Entretanto, Luka se encargaba más de los hoteles y llevaba una vida muy agitada. Sus conquistas eran innumerables y, con frecuencia, ella tenía que dedicarse a secar las lágrimas de las dolidas amantes de su jefe.

Sí, Luka era un mujeriego empedernido.

Y eso la perturbaba. Quizá porque había atisbado esa clase de vida. La forma como Harriet, su madre, había muerto, igual que había vivido, con las bragas bajadas y polvo blanco en la nariz, había dejado abochornada a toda la familia. Y había dejado una hija de la que nadie se quería responsabilizar. El padre de la criatura no aparecía en la partida de nacimiento y ella le había visto solo una vez.

Y no quería volverle a ver.

Su tío y su tía, al final, se habían hecho cargo de la pequeña Cecelia que, con rizos rubio rojizos y brillantes ojos verdes, era una réplica de su madre, pero solo físicamente.

Después de una vida poco convencional durante la infancia, Cecelia ahora llevaba una vida convencional, práctica y ordenada. A pesar de viajar por todo el mundo debido a la naturaleza de su trabajo, solía acostarse a las diez durante los días laborables y a las once los fines de semana.

Cecelia tenía amigos normales y agradables, aunque ninguno lo suficientemente íntimo como para felicitarle por su cumpleaños. Y el año anterior había estado prometida.

El único problema que había causado a sus tíos había sido su ruptura con Gordon. Sus tíos no comprendían por qué había dejado a Gordon, un hombre tan decente.

¡Y el maldito Luka tenía la culpa!

Aunque, por supuesto, no le había dicho eso a Gordon.

Pero era mejor no seguir pensando en esas cosas, se dijo a sí misma mientras se ponía la ropa interior, de color carne. Después, se acercó a la ventana. Al ver el cielo tan azul decidió no ponerse el traje azul marino de lino que había dejado preparado la noche anterior.

¡Al demonio con todo!

Ya que Luka no iba a ir a la oficina ese día y, por tanto, ella no tendría que asistir a ninguna reunión, se dirigió al armario.

Ahí estaba el vestido que había comprado para la boda de una amiga que se había casado recientemente. El vestido era de color crema y tenía escote *halter*. Y, como era su cumpleaños, decidió ponérselo.

Ya que los hombros y la espalda le quedaban al descubierto, se puso también una rebeca tipo bolero de color limón pálido. La falda del vestido le llegaba hasta media pierna, así que no se molestó en ponerse medias. Y, para terminar, se calzó unas alpargatas.

Sí, ahora que sabía que iba a dejar Kargas Holdings, empezó a relajarse.

Tuvo que quitarse la rebeca al entrar en el metro. Hacía mucho calor en el vagón y, agarrada a una de las barras, vio que las escapadas de Luka el fin de semana habían logrado salir en la primera página del periódico que uno de los pasajeros leía.

Se fijó en la foto que había debajo de los titulares. En ella, se veía a Luka en la cubierta de su barco junto a una sofisticada belleza morena. El pecho desnudo de él chorreaba agua y, aunque los cuerpos de la chica y de Luka no se tocaban, era una instantánea sumamente íntima.

Cecelia apartó los ojos de la foto, pero no pudo borrar la imagen de Luka de su mente.

Al entrar en el edificio en el que estaban las oficinas de Kargas Holdings, sonrió al conserje, se dirigió a los ascensores y subió al piso cuarenta, propiedad exclusiva de Luka.

En esa planta, no solo había despachos y salas de reuniones, también había un gimnasio y una piscina, aunque ella nunca los había utilizado. También contaba con una suite, tan lujosa como la de cualquier hotel de cinco estrellas. Cuando estaba en Londres y se quedaba trabajando hasta tarde o tenía que tomar un vuelo muy temprano por la mañana, Luka solía dormir en la suite.

Aún no eran las ocho y, al parecer, había llegado antes que Bridgette, la recepcionista. Había un par de personas limpiando las ventanas y pasando la aspiradora, también había llegado la florista que todas las mañanas se encargaba de los arreglos florales.

Cecelia se preparó un café antes de ir a su mesa de trabajo, en una amplia zona con una puerta que daba al despacho de Luka.

Colgó de una percha su ligera rebeca e iba a sentarse cuando la voz de él la tomó completamente por sorpresa.

–¿Ese café es para mí, Cece?

Cecelia se dio la vuelta en el momento en que Luka salía de su despacho. Aparte del hecho de no ir afeitado, nada indicaba que Luka hubiera disfrutado de un loco fin de semana. Llevaba pantalones negros y camisa blanca, y sus cabellos, aunque algo revueltos, tenían un corte perfecto.

Pero se suponía que no debía estar allí.

—Creía que no ibas a venir hoy —comentó Cecelia.

—¿Por qué creías eso?

—Porque anoche me enviaste un mensaje al móvil para decirme que no ibas a venir.

—Ah, sí, es verdad —Luka le quitó el café de la mano—. Gracias.

—No tiene azúcar —le advirtió ella mientras se sentaba detrás de su escritorio—. Y, por favor, no me llames Cece. Me llamo Cecelia.

—Es una costumbre.

—Es una costumbre que me saca de quicio —insistió Cecelia.

«Bien», pensó Luka.

Le gustaba llamarla Cece porque le gustaba provocar a esa mujer.

—¿Qué tal el fin de semana? —preguntó ella educadamente, como si no supiera nada ni oído nada al respecto.

—Más o menos igual que el anterior —respondió él. Y, acercándose al escritorio de ella, apoyó las posaderas al lado del ordenador—. ¿Tú no te aburres nunca?

—No me suele ocurrir —mintió Cecelia, reconociendo que con Gordon se había aburrido mucho.

Gordon también había trabajado en la City, se habían acostumbrado a reunirse los miércoles para tomar copas y los viernes con los amigos. Los sábados los habían reservado, en general, para ellos dos; por la noche, algún orgasmo suave. Los domingos, una aburrida comida en algún pub fuera de Londres y quizás también un encuentro amoroso sin nada que destacar.

No había sido culpa de Gordon.

Cecelia se inhibía en el sexo tanto como en la vida.

De hecho, la culpa la tenía el hombre que se hallaba sentado en su escritorio, porque había despertado en ella sensaciones y deseos que, indudablemente, continuarían causándole una profunda frustración.

–¿Cómo es que no te aburres de hacer siempre lo mismo? –insistió él.

–Me gusta hacer lo de siempre –contestó ella.

Era imposible entender a esa mujer, pensó Luka. No era como las demás. Hacía ya mucho que había dejado de coquetear con ella, el desagrado que Cecelia había mostrado le había estropeado la diversión.

Y por muy libertino que él fuera, solo jugaba con la gente que quería jugar.

–Tienes muy buen aspecto hoy –dijo él.

Al momento, Luka recibió un gesto arisco por haberse atrevido a hacer un comentario personal. Cecelia se limitaba a tener una relación de trabajo con él.

–Gracias –contestó ella educadamente.

–Y llevas un vestido –continuó Luka, decidido a no dejar las cosas como estaban.

–Eres muy observador, Luka.

–Solo lo digo porque casi nunca te he visto con un vestido.

–Hace demasiado calor para un traje de chaqueta.

–Sí, claro, pero...

–Luka –le interrumpió ella–, si te molesta que lleve una ropa menos formal que de costumbre, dímelo y te aseguro que no volverá a ocurrir.

—No tengo ningún problema con que lleves un vestido.

—En ese caso, no hay más que hablar.

—¿Estás segura? —no había tenido intención de abordar el tema, pero el momento se había presentado.

—La ropa que lleve...

—¿Tienes otra cita con el dentista hoy, Cecelia? —preguntó él en tono incisivo y llamándola por su nombre—. ¿Una última entrevista quizás?

Estaba casi seguro de que Cecelia iba a dejar el trabajo.

Las asistentes personales venían y se iban. Estaba acostumbrado a ello. Él era muy exigente y también era consciente de que muy pocas personas estaban dispuestas a trabajar tantas horas al día durante mucho tiempo. Y, por lo general, exigía a la asistente personal que iba a marcharse que preparara a la siguiente para el puesto.

Pero ahora, el hecho de que Cecelia quisiera marcharse le causaba una sorprendente desazón.

Le gustaba que esa mujer formara parte de su vida y no quería que se marchara.

—¿En serio no tienes nada que decirme? —preguntó él.

—Sí, la verdad es que sí. ¿Podríamos hablar en tu despacho, en privado?

—Por supuesto. Vamos.

Luka decidió que tendría que disuadirla de dejar el empleo.

Y sabía cómo hacerlo.

Capítulo 2

MIENTRAS Luka la conducía a su despacho, Cecelia se sintió literalmente enferma, no estaba completamente segura de si su decisión era la acertada o no.

Cecelia era consciente de que, profesionalmente, dejar aquel trabajo no era aconsejable. El imperio de Luka estaba en expansión, Kargas Holdings estaba negociando la apertura de hoteles en Nueva York y Singapur. Formar parte de ello sería extraordinario para su currículum.

Pero cuando Luka abrió la puerta de su despacho y ella entró, se dio cuenta de que no tenía más remedio que dejar la empresa.

Sintió los ojos de él en la espalda.

En la piel.

Cecelia tenía el vestuario más anodino que había visto nunca. No obstante, Cecelia siempre iba acicalada y elegante. Era algo natural en ella.

Pero ese día era distinto.

Justo el día en que le iba a decir que dejaba la empresa le permitía ver, por primera vez, su espalda.

La espalda de Cecelia era sumamente pálida. Y Luka pensó que debía de faltarle vitamina D, estaba seguro de que ese cuerpo jamás se exponía al sol.

Luka la había visto fuera del trabajo solo en una ocasión, accidentalmente, y en esa ocasión Cecelia iba vestida con la misma ropa insulsa con la que iba a trabajar.

El encuentro había tenido lugar dos semanas después de que ella empezara a trabajar en su empresa, en una exposición en un museo, y no había sido del todo accidental. Él la había oído hablar con su entonces novio de ir a ver la exposición, y él había querido ver en persona al objeto del deseo sexual de Cecelia.

Un pálido inglés de piernas delgadas.

No iban de la mano y, como dos desconocidos, se habían detenido a contemplar una obra de arte increíblemente erótica.

Ella se había sobresaltado al verle y se había ruborizado al presentarle a Gordon.

Y el deseo de Luka de acostarse con ella había aumentado.

–Siéntate, por favor –le dijo Luka en su despacho.

Luka le indicó una silla y rodeó su escritorio mientras ella se sentaba.

Y Cecelia, por fin, se encontró cara a cara con él.

Era un hombre increíblemente guapo. Ojos aterciopelados, pómulos prominentes y una boca llena.

A Cecelia le gustaban las bocas.

La de Gordon era pequeña. Pero ella solo lo había notado después de haber visto a Luka.

Hasta entonces, Gordon le había parecido un buen partido; sin embargo, todo había cambiado al estrechar la mano de Luka por primera vez.

Se había dado cuenta de que tenía que romper su compromiso con Gordon la noche después de la visita al museo. Al hacer el amor con Gordon, se había imaginado haciéndolo con Luka, y había tenido el mejor orgasmo de su vida.

A pesar de saber que iba a acabar mal, había aceptado ese trabajo.

Y ahí estaba ahora.

A punto de dimitir.

–¿Querías decirme algo? –le preguntó él, y ella asintió.

Luka estaba decidido a ponérselo difícil. Cecelia era la mejor asistente personal que había tenido nunca y no quería sustituirla.

Quería que Cecelia se quedara en la empresa y él siempre conseguía lo que quería.

–¿Y bien? ¿Qué es lo que querías decirme?

No era la primera vez que había intentado dimitir y Cecelia se dispuso a repetir un bien ensayado discurso; no obstante, guardó silencio. Porque cuando Luka la miraba a los ojos, como en ese momento, le faltaba el aire, no podía respirar.

–Me marcho.

–¿Qué? –Luka fingió no haber oído bien. Iba a obligar a Cecelia a repetirse y a ser más explícita.

–No voy a renovar mi contrato –declaró ella–. Lo he pensado bien y, aunque ha sido un año extraordinario, necesito un cambio.

–Lo habrás pensado muy bien, pero no lo has hablado conmigo.

–No necesito que me des permiso para dimitir, Luka.

No, no iba a ser fácil, pensó Cecelia después de que se le quebrara la voz al responder.

A pesar de todo, ya no podía aguantar más, y menos cuando Bridgette llamó por el teléfono interior.

—Una mujer que se llama Katia está en recepción y quiere verte, Luka.

Luka alzó los ojos al cielo.

—Estoy ocupado.

—No deja de insistir. Al parecer, tú sabes por qué.

—Di a los de seguridad que queda despedido el que la ha dejado entrar.

Después, Luka miró a Cecelia y añadió:

—¿Por qué las mujeres se niegan a aceptar un «no» por respuesta?

—¿Por qué se niega mi jefe a aceptarlo?

—*Touché* —concedió él. Fue entonces cuando decidió cambiar de táctica, buscando la comprensión de ella—. Cecelia, uno de los motivos por los que hoy no me he tomado el día libre, como había pensado hacer, es porque mi madre no se encuentra bien.

—Lo siento —respondió Cecelia—. Si hay algo que... —Cecelia cerró la boca para no continuar.

—¿Qué ibas a decir? —Luka esperó. Al ver que Cecelia no respondía, añadió—: Me gustaría pedirte un favor, Cece. Durante los próximos meses voy a pasar fuera mucho tiempo. Mi madre tiene cáncer y el tratamiento va a ser muy duro y prolongado...

Cecelia parpadeó.

Luka nunca hablaba de su familia.

—Voy a pasar mucho tiempo en Xanero. Tú eres una asistente personal extraordinaria y espero que sepas lo mucho que te aprecio —Luka la vio tragar saliva y se dispuso a dar el golpe de gracia—. En este momento tan difícil por el que atravieso, me resultaría muy difícil tener que tratar con una asistente nueva.

–Luka, siento mucho lo de tu madre, pero eso no va a cambiar mi decisión.

Cecelia era tan fría como el hielo; sin embargo, sin embargo... Notó su tensión y también que esos preciosos ojos verdes no se atrevían a encontrarse con los suyos.

–¿Podría pedirte que te quedaras seis meses más? Naturalmente, se te pagaría por...

–No todo es una cuestión de dinero, Luka.

Luka sabía perfectamente que Cecelia no le consideraba más que un rico playboy.

Cecelia no sabía nada de los comienzos de su vida y él no iba a darle explicaciones.

Nadie conocía la verdad.

Incluso sus padres parecían creerse la mentira que él había urdido, que el complejo turístico de la isla de Xanero con su famoso restaurante había sido el comienzo de su vida profesional.

No era así.

El sexo había sido su comienzo.

Ricas turistas en busca de aventuras le habían ayudado a salir del límite de la pobreza y a llegar a disfrutar su estilo de vida actual.

La versión más estéril era que el primer restaurante Kargas le había servido de trampolín en la vida.

Mentira, todo mentira.

Pero no tenía motivos para contarle eso a Cecelia.

Luka no tenía que darle explicaciones a su asistente personal.

–¿Y si te ofreciera más vacaciones?

–Ya he aceptado un trabajo.

Al ver que apelar a su comprensión no había funcionado, Luka se tornó más hostil.

–¿Qué trabajo?

–No tengo obligación de contestar a esa pregunta.

–De hecho, Cece...

–¡Y no me llames Cece! –exclamó ella–. Luka, por una parte, dices que aprecias mucho mi trabajo; sin embargo, por otra, ni siquiera te molestas en llamarme por mi nombre.

Por fin había hecho que ella saltara.

–¿Te vas porque no te llamo por tu nombre?

–No.

–Entonces, ¿por qué?

–No tengo obligación de contestar a eso.

–De hecho, Ce-ce-lia, si leyeras bien tu contrato, te darías cuenta de que no puedes trabajar en la empresa de ninguno de mis competidores y no puedes...

–Para, Luka –dijo ella–. Tengo todo el derecho del mundo a marcharme de esta empresa.

Era verdad.

–Por supuesto –pero no le gustaba que lo hiciera.

–Según mi contrato, tengo que seguir trabajando un mes más. En ese tiempo, naturalmente, empezaré a buscar una sustituta. A menos, por supuesto, que tengas a alguien en mente.

–Lo dejaré en tus manos.

–Bien.

Luka, con un gesto de la mano, indicó que se podía ir ya. Cecelia salió del despacho, pero no se dirigió a su escritorio.

Una vez en el cuarto de baño, se apoyó en una de las paredes de mármol.

Lo había hecho.

Quizá fuera la peor decisión que había tomado en su vida profesional, pero pronto recuperaría el bienestar mental y emocional.

Durante el trayecto al trabajo en el metro, dejaría de soñar con ser la mujer tumbada debajo del depravado y hermoso cuerpo de Luka...

Por fin, dejaría de sentir calambres en el vientre cada vez que él le sonreía.

Reinaría el orden sobre el caos que se había apoderado de su corazón.

Aunque todavía no.

Era verdaderamente un día terrible.

Cecelia firmó la entrega del ramo de flores que habían enviado a Luka y, estúpidamente, leyó la tarjeta.

El ofrecimiento de Katia era sumamente explícito.

Cecelia metió la tarjeta en el sobre y llevó las flores al despacho de Luka.

—Esto es para ti.

—¿De quién?

—No tengo ni idea.

Luka sacó la tarjeta del sobre, la leyó y la tiró a la papelera.

—Quédatelas si quieres —dijo él señalando las flores.

—No, gracias.

—Entonces ponlas en un sitio donde yo no las vea.

¿Para evitar la tentación?, quiso preguntarle ella.

Pero, por supuesto, no se lo preguntó.

Entonces, la recepcionista del vestíbulo, metió la pata y le pasó una llamada a Luka; pero, por suerte, Cecelia estaba en ese momento en el despacho de Luka y contestó al teléfono.

–Un momento, voy a ver si está disponible... –una mujer, supuestamente Katia, sollozó.

–Lo siento, el señor Kargas no recibe llamadas que no han sido programadas –dijo Cecelia en tono profesional.

Luka ni siquiera apartó los ojos de la pantalla del ordenador.

–¿A qué hora terminas hoy de trabajar? –le preguntó él cuando Cecelia colgó.

–No lo sé –contestó Cecelia, sorprendida por la pregunta, Luka nunca se interesaba por esas cosas–. ¿Por qué?

–Quiero que retrases la reunión con García para que coincida con el fin de la jornada laboral.

–Veré qué puedo hacer.

–Y encárgate de organizar mi vuelo a Xanero para mañana. Me quedaré allí un par de semanas.

–¿Un par de semanas? –era la primera vez que Luka iba a ausentarse tanto tiempo. Para Luka, volar era algo tan cotidiano como para otra gente tomar el metro.

–Ya te lo he dicho, mi madre está enferma –replicó Luka con aspereza.

Una vez organizado su vuelo, Luka llamó a Sophie Kargas para decirle que el único hijo que tenía estaría allí al día siguiente.

–Una cosa –dijo Luka a su madre–, no voy a ir allí para darte la mano y ver cómo te rindes. Vas a luchar.

–Luka, estoy cansada, no quiero líos. Lo único que quiero es que vengas a casa.

En la voz de su madre había notado rendición, y sabía muy bien por qué. El tratamiento significaba constantes viajes a Atenas y a Theo Kargas le gustaba que su mujer estuviera en casa.

–Tu madre al teléfono –le dijo Cecelia ya por la tarde.

–Dile que estoy en una reunión.

–Muy bien.

Era un desgraciado, pensó Cecelia mientras le daba la respuesta de Luka a una mujer de voz débil.

–Es que necesito hablar con él ahora mismo –insistió la mujer.

–Lo siento –contestó Cecelia–, Luka no puede atender ninguna llamada en estos momentos. Está muy ocupado dejándolo todo arreglado antes de salir de viaje.

Luka estaba sentado con las manos en la nuca y los pies en su mesa de despacho.

No podía soportar volver a hablar con su madre para que ella le dijera que, más o menos, se había resignado a morir.

Se enfrentaría a ella al día siguiente, hablaría con su madre cara a cara.

«Dejale».

No sería la primera vez que le dijera eso a su madre, lo único que esperaba era que fuese la última.

Siempre había querido que su padre muriera antes que su madre, aunque solo fuera para que ella encontrara un poco de paz.

Miró el reloj y vio que eran casi las siete.

La reunión con García iba a tener lugar a las diez.

Luka se levantó, se puso la chaqueta y salió del despacho.

Cecelia no le miró, continuó tecleando y haciendo como si no hubiera notado su presencia.

—¿Hacemos las paces? —dijo Luka, y vio que ella bajaba los hombros y sonreía débilmente.

—De acuerdo —respondió Cecelia, y entonces le miró.

—Venga, vamos a cenar.

A Cecelia se le encogió el corazón.

Aunque no se le notó.

Cecelia quería que aquel día acabara ya.

Lo peor que podía ocurrirle era cenar con él.

O lo mejor.

Luka era muy buena compañía.

Pero eso solo empeoraba la situación.

Capítulo 3

DEJA que vaya a arreglarme un poco –dijo Cecelia agarrando su bolso.

–Bien.

En el lujoso baño de Kargas Holdings, Cecelia se miró al espejo y se dijo a sí misma que dentro de cuatro semanas aquella tortura iba a acabar.

Se peinó y volvió a recogerse el pelo, se retocó el carmín de labios y no pudo evitar mirar el móvil para ver si su tía o alguna otra persona le había enviado un mensaje para felicitarla por su cumpleaños.

No.

Por decepcionada que estuviera con sus tíos, Cecelia reconoció que no se podía imaginar nada mejor el día de su cumpleaños que ir a cenar con Luka.

Aunque no era una cita, sino una cena de trabajo. Y sería mejor no olvidarlo.

Cuando salió del baño, Luka la estaba esperando y continuó mirándola mientras ella se ponía la rebeca tipo bolero.

Luka odiaba ese bolero.

La rebeca era color mostaza y prefería ver la piel desnuda de ella. Le encantaría poder decírselo; pero, con Cecelia, siempre tenía que comportarse con toda corrección.

—¿Preparada?

—Preparada —respondió ella asintiendo.

El chófer de Luka les llevó a un estupendo restaurante griego que habían abierto hacía poco y estaba situado a la orilla del río.

Se sentaron a una mesa en la terraza, a las orillas del Támesis.

—Este sitio es perfecto —dijo Cecelia mientras se sentaba—. Y corre una brisa muy agradable.

—Sí, estoy de acuerdo.

No era la primera vez que comían juntos, aunque no ocurría con frecuencia. Cuando viajaban, Cecelia solía desayunar en su habitación del hotel, no podía soportar verle con la mujer de turno.

A menudo, durante los viajes, Luka y ella almorzaban juntos; pero, en general, con más gente, clientes o invitados.

¿Y las cenas?

Cuando estaban en el extranjero, no sabía qué hacía Luka por las noches y prefería no saberlo. Al acabar el trabajo, ella solía cenar también en la habitación del hotel.

Se puso a ojear la carta, pero no podía concentrarse, estaba segura de que Luka iba a tratar de convencerla de que no dejara la empresa.

Pero, en vez de hacer eso, Luka estudió la carta de los vinos.

—¿Qué te apetece beber?

—Nada, gracias —respondió ella.

—No, claro —dijo él alzando los ojos al cielo en un gesto de exasperación. ¿Cómo pedirle a Cecelia que se relajara cuando estaba con él? Al final, pidió un agua mineral con gas.

Cecelia se decidió por un plato que, a pesar del complicado nombre, era básicamente una ensalada de tomate.

Luka pidió *bourdeto*.

Cecelia lo había visto en la carta y había leído que ese plato se hacía con un pez llamado escorpión rojo.

Muy apropiado para Luka.

El sitio era magnífico y la conversación educada, pero, a la espera del ataque de él, cada vez se encontraba más tensa. Luka no se daba por vencido tan fácilmente, de eso estaba segura.

Para él, la vida era como un tablero de ajedrez y cada movimiento que hacía era premeditado.

Ahora, la enfermedad de su madre le procuraba un motivo excelente para justificar la necesidad de una asistente personal eficiente, capaz de encargarse de que todo fuera bien en su ausencia.

Se dispuso a recibir un ataque frontal o una suave y penetrante persuasión. Pero no debía ceder, no debía hacerlo ahora que, por fin, había hecho acopio del valor suficiente para presentar su dimisión.

—Me gusta comer cosas de mi país —dijo él cuando les sirvieron.

—¿Te apetece estar allí durante un tiempo? —le preguntó Cecelia—. A pesar de las circunstancias.

Luka se encogió de hombros.

—¿Vas a estar en casa de tus padres? —preguntó ella.

No estaba intentando sonsacarle, se dijo Cecelia a sí misma.

—El complejo turístico es enorme. Mis padres tienen una casa allí, pero yo tengo la mía propia en la otra punta.

—¿Cómo es Xanero?

—Es una isla preciosa.

—¿El negocio sigue siendo un negocio familiar? —preguntó ella.

—Sí —no era del todo mentira, pero distaba mucho de explicar la situación.

—¿Tu padre sigue siendo el chef del restaurante?

Luka no contestó inmediatamente.

La verdad era que su padre nunca había sido el chef allí. Bueno, una vez, durante un tiempo muy breve.

Todo formaba parte de una elaborada farsa destinada a permitirle a su madre poder ir por la ciudad con la cabeza alta.

—Está medio jubilado —respondió Luka, cosa que no era del todo mentira, Theo Kargas se había pasado la vida medio jubilado.

Pero en vez de seguir hablando de Xanero y de su familia, Luka desvió la conversación hacia las próximas semanas. No todo había sido cancelado. Luka seguiría trabajando y comunicándose por Internet, también tenía pendiente un viaje de negocios a Atenas.

—Le diré a García que vamos a tener que posponer el viaje a Nueva York.

—No le va a hacer gracia.

—Bien —dijo Luka—. Él me necesita más que yo a él, aunque parece haberlo olvidado. Ya iremos cuando vuelva de Xanero.

—Sí, por supuesto —Cecelia asintió—. Concertaré

otra cita con él cuando tú me digas, cuando sepas cuándo vuelves. Con un poco de suerte, tu nueva asistente personal estará al día.

A Luka no le gustó el comentario.

—¿Qué ha pasado con Gordon? —preguntó él de repente.

El silencio de ella fue significativo.

—Vamos, ahora que te vas de la empresa, puedo preguntar, ¿no?

—Mi vida privada es mi vida privada —respondió ella atacando a una aceituna con el tenedor.

—Eso ya lo sé —dijo Luka—. Vamos, cuéntame qué ha pasado.

Cecelia titubeó.

Por supuesto, no iba a decirle a Luka que su mente había evocado imágenes de él en los momentos más inoportunos. Y tampoco iba a decirle que su relación con Gordon había sido satisfactoria hasta que él, Luka, apareció en escena.

—Al final, decidí que la idea de mis tíos de lo que es el hombre perfecto no encajaba con la mía.

—¿Tus tíos? —Luka recordó que Cecelia había dado los datos de su tía por si le ocurría algo.

—Cuando mi madre murió, ellos se hicieron cargo de mí.

—¿Cuántos años tenías?

—Ocho —respondió Cecelia apretando los labios, no le gustaba hablar de ello, pero Luka parecía muy interesado en su vida aquella noche.

—¿Y tu padre?

Cecelia sacudió ligeramente la cabeza, lo que le indicó que el tema era tabú.

Y no solo no estaba dispuesta a hablar de ello con Luka. Cecelia jamás le había contado a nadie el momento en que había visto a su padre en persona.

Su padre tenía el cabello oscuro y aquel día había lucido un anillo de boda.

Eso era todo lo que Cecelia sabía de él. Y también que había gritado a su madre. Al quedarse sin dinero, Harriet le había llamado para decirle que tenía una hija, pero no había dado los resultados que, evidentemente, su madre había esperado.

Su padre se había puesto furioso y Harriet, inmediatamente, había ordenado a su hija que se fuera a su habitación.

Con los gritos, Cecelia se había enterado de que su madre había recibido una considerable cantidad de dinero para... algo que, a los siete años de edad, ella no había comprendido.

Aborto.

Poco tiempo después, se había enterado del significado de lo que su padre había dicho.

—No quiero hablar de mi padre —le dijo a Luka.

—De acuerdo —él se encogió de hombros y le dedicó una traviesa sonrisa—. En ese caso, háblame de tu prometido.

—Ex —le corrigió ella.

—Sí, claro.

En su momento, el motivo por el que había supuesto que la relación había acabado era por la desaparición del anillo de compromiso y por la falta de llamadas telefónicas. Cecelia no había derramado lágrimas ni había pedido ningún día libre.

—¿Rompiste tú?

Cecelia asintió.

—¿Cómo se lo tomó él?

—¡Luka! —era una advertencia.

—Solo siento curiosidad. Nunca he estado prometido, mis relaciones nunca han durado tanto como para eso. No me imagino lo que es intimar tanto con una persona —Luka entrecerró los ojos—. ¿Te enamoraste de otro? ¿Es por eso por lo que rompiste?

—Por supuesto que no —contestó ella con obvio disgusto.

—¿Vivíais juntos?

—No quiero seguir hablando de mi vida —declaró Cecelia—. Me pasa lo mismo que a ti.

—Yo sí hablo de mi vida privada.

—No, Luka, no lo haces. Puede que tenga que tratar con tus exnovias, pero no sé nada sobre ti.

—Eso no es verdad.

—¿Cuánto tiempo lleva enferma tu madre?

Luka apretó la mandíbula y Cecelia sonrió cínicamente antes de beber un sorbo de agua.

—Está bien, lo reconozco —Luka la vio dejar el vaso en la mesa—. Voy a sentir mucho no poder conocerte mejor.

Ella iba a echarle de menos mucho más de lo que él se podía imaginar.

—¿Hay alguna forma de convencerte de que no dejes la empresa? —preguntó Luka.

Cecelia alzó el rostro, el tono de él le había sorprendido. Le estaba preguntando si podía hacer algo para evitar que se fuera, para que se quedara.

—No —contestó Cecelia y, después, se aclaró la garganta—. Luka, voy a estar otro mes en la empresa y te buscaré la mejor asistente personal que pueda. Yo misma la pondré al día. Ha sido un año extraordinario, pero ha llegado el momento de darle otro rumbo a mi vida.

No podía soportar más el ataque que suponía la presencia de él para sus sentidos.

–¿Qué tal estaba el *bourdeto*? –preguntó Cecelia cuando retiraron el plato de Luka sin que se lo hubiera acabado.

Luka se encogió de hombros.

–¿Y si te prometo no volver a llamarte Cece? –sugirió él–. Se tarda veintiún días en hacer un hábito de algo.

–De hecho, no son veintiún días, sino sesenta y seis –le corrigió ella–. De todos modos, te agradezco el interés en que me quede en tu empresa.

Entonces, Cecelia sonrió, algo que no solía hacer.

Cuando la sonrisa de ella se apagó, a Luka le pareció que era como si el verano hubiera llegado a su fin.

Y así era, por supuesto.

Solo quedaban unas semanas más para entrar en el otoño.

–¿Se disgustó mucho Gordon cuando le dejaste? –preguntó Luka–. Y ya lo sé, no hace falta que repitas que eso es un asunto privado.

–En ese caso, ¿por qué lo preguntas?

–Porque eres la mejor asistente personal que he tenido en mi vida y no quería meterme en tus asuntos personales porque no quería que eso te hiciera marcharte de la empresa; sin embargo, ahora que ya te vas, no tengo que seguir comportándome con tanta corrección.

—Claro que tienes que portarte con corrección —respondió ella, pero acabó cediendo—. Sí, se disgustó. Aunque, si quieres que te diga la verdad, creo que estaba más avergonzado que disgustado.

—No, estoy seguro de que estaba dolido —dijo Luka con voz profunda y mirándola a los ojos.

De repente, la fresca brisa del río le pareció aire cálido.

Luka estaba coqueteando con ella.

—Será mejor que volvamos a la oficina —dijo Cecelia—. Tienes que prepararte para la reunión.

Pero Luka prefería quedarse donde estaba. Al lado del río. Con ella.

—García puede esperar —declaró Luka.

—Puede que un día se canse de esperar.

—Lo dudo —dijo Luka—. Está demasiado interesado en concluir la compra.

—Creía que querías un hotel en Nueva York.

—Y así es, pero el precio lo elijo yo —contestó Luka—. Además, tenemos que hablar de tu sustituta.

—Ya he informado a la agencia que tú utilizas —dijo Cecelia, y él frunció el ceño.

—¿No te enviaron ellos a ti también?

—No —Cecelia sacudió la cabeza.

—Ah, es verdad, habías trabajado en la empresa de Justin. ¿Por qué acabaste trabajando de asistente personal?

Más preguntas, pensó Cecelia; pero, al menos, esa no era tan personal, resultaba más fácil de contestar.

—No fue algo deliberado. Cuando salí del instituto, quería viajar o... ir a la universidad. Pero... —Cecelia titubeó—. Mi tío tenía un amigo en Francia que necesitaba una niñera. Yo hablaba un poco de francés y mi tío dijo que eso me permitiría viajar y trabajar al mismo tiempo.

–Se había acabado el dinero que les habían dado por criarte, ¿no?

–¿Qué? –Cecelia parpadeó.

–Debían de haber recibido dinero, pero cuando cumpliste los dieciocho...

–No –le interrumpió ella–, no fue así. Fue muy generoso por su parte hacerse cargo de mí.

–¿Tienen hijos?

–No –respondió Cecelia, convencida de que sus tíos no tenían hijos porque no habían querido tenerlos.

El comentario de Luka le había dolido, siempre se había considerado un obstáculo en la vida de sus tíos, aunque no iba a decírselo a su jefe.

–Mi tío tenía un amigo que necesitaba una niñera.

–¡Cece, por favor! ¿Tú de niñera?

Luka no se podía imaginar a Cecelia cuidando a niños, la idea le hizo sonreír.

–La verdad es que el trabajo no me gustó nada –admitió Cecelia–. A las cuatro semanas, les dije que lo dejaba. Pero la mujer del amigo de mi tío, que era productora de televisión, me ofreció trabajar para ella. Supongo que así empezó todo.

–¿Sigues teniendo trato con tus tíos?

–Sí, claro –respondió Cecelia con decisión, aunque siempre era ella quien hacía un esfuerzo por verlos.

Ni siquiera le habían enviado un mensaje para felicitarla por su cumpleaños.

Su cumpleaños había pasado desapercibido una vez más y le dolía.

Pero, por supuesto, no iba a decírselo a Luka. El comentario de Luka sobre el dinero por educarla le perturbaba.

—¿Quieres tomar postre? —preguntó él, a pesar de saber lo que ella iba a responder.

—No, gracias.

—Lo siento, pero vas a tomar postre —declaró Luka.

Iba a protestar cuando, de repente, la música de fondo del restaurante cambió y empezó a sonar una tonadilla familiar. Volvió la cabeza y vio al camarero acercarse con un trozo de tarta y una vela.

La canción era *Cumpleaños feliz.*

Y la tocaban para ella.

—Luka...

Cecelia estaba abochornada.

Y contenta.

Y completamente sorprendida.

Nadie se acordaba nunca de su cumpleaños.

Había dos cucharas en el plato con la tarta, una tarta deliciosa de vainilla y limón, muy refrescante.

Y estaba compartiendo esa tarta de cumpleaños con él.

Con Luka Kargas.

Cecelia no se atrevió a levantar la vista, tenía miedo de que se le hubieran llenado los ojos de lágrimas.

—Este es el otro motivo por el que hoy he ido a la oficina —dijo él.

Por fin, Cecelia alzó los ojos, justo en el momento en el que Luka se sacaba del bolsillo de la chaqueta un paquete con envoltura de regalo y lo dejaba encima de la mesa.

Era una caja larga envuelta en papel rojo, con un lazo dorado.

Cecelia reconoció el logotipo del envoltorio y frunció el ceño.

En uno de los viajes de trabajo, a Florencia, se había quedado mirando el escaparate de una tienda en el vestíbulo del hotel en el que se habían hospedado. Mientras esperaba a Luka, se había permitido ojear las bonitas piezas de aquella joyería.

Cecelia desató el lazo, pero antes de abrir el regalo quería hacerle una pregunta a Luka.

—No habrás venido a la oficina solo porque es mi cumpleaños, ¿verdad?

—Claro que sí. Siempre hago lo posible por tratar bien a mis asistentes personales.

Luka era consciente de que, con Cecelia, se había excedido. Normalmente regalaba flores y perfume, o una entrada para el balneario de algún hotel; pero unas semanas atrás, durante un viaje de trabajo, al salir del ascensor había sorprendido a Cecelia mirando el escaparate de una joyería.

A la mañana siguiente la había encontrado en el mismo sitio.

Y al tercer día.

Hacía semanas que tenía la caja en un cajón de un mueble de su casa.

La noche anterior, después de enviar un mensaje por el móvil para decir que no iba a ir a la oficina, se había acordado de repente de que era el cumpleaños de Cecelia.

Luka había pasado de fiesta todo el fin de semana, tratando de olvidar la enfermedad de su madre, tratando de prolongar el fin de semana con el propósito de retrasar el viaje a Xanero.

Entonces se había acordado de la caja que había guardado en el mueble.

—¡Oh! –Cecelia jadeó al reconocer el collar–. ¿Cómo sabías...?

Era una gargantilla con rubíes, o piezas de cristal, no lo sabía. En su momento, Cecelia no se había atrevido a preguntar el precio porque, fuera como fuese, estaba fuera de su presupuesto. Eso sí, le había encantado.

—Luka, esto es demasiado –añadió ella.

—Digamos que además de un regalo de cumpleaños es un regalo de despedida –dijo Luka–. ¿No quieres ponértelo?

—No –respondió ella rápidamente–. Me lo pondré cuando llegue a casa.

No podría abrocharse el cierre sola y ardería en llamas si las manos de él le rozaran la piel.

La brisa del río no le sirvió de nada. La ligera rebeca sobre los hombros la calentaba como un espeso chal. No sabía cómo reaccionar.

—¿Cómo sabías que era mi cumpleaños? –preguntó Cecelia, porque no se lo había dicho.

—Siempre estoy atento a esas cosas, lo considero mi obligación.

Cecelia sonrió y, con su sonrisa, volvió el verano.

—Creía que, dado que es tu cumpleaños, tendrías planes para esta noche. Por eso te pregunté a qué hora tenías pensado dejar el trabajo hoy.

—No, no tenía ningún plan.

Era el mejor cumpleaños de su vida.

Luka no lo sabía, por supuesto, pero ni siquiera con Gordon había hecho grandes planes.

Habían ido a cenar.

Pero sin velas ni tarta de cumpleaños.

Gordon le había regalado un perfume que a ella no le había gustado.

No era tanto el lujo del regalo de Luka lo que le conmovía, sino el hecho de que se hubiera tomado esa molestia.

El hecho de que se hubiera fijado en que había estado contemplando la gargantilla.

Sí, lo mejor era dejar ese trabajo.

Por ese tipo de cosas, por ese regalo.

Por esos momentos en los que Luka hacía que su mundo fuera perfecto, porque estaba loca por él.

No quería acabar como su madre, y los hombres como Luka podían conducirla por el mal camino.

Sin embargo, desgraciadamente, ese camino le atraía.

En noches como aquella.

Cuando lo más fácil del mundo sería darle las gracias con un beso.

Sabía cómo acabaría, porque era exactamente como ella quería que acabara.

Y Luka se dejaría convencer fácilmente.

Sin embargo, con ella, siempre había sido un caballero.

Desde el principio, Luka había aceptado los límites impuestos por ella y no se excedía en sus coqueteos.

Luka sabía reconocer a la gente con talento y Cecelia era excelente en su trabajo. Sabía que iba a perder a la mejor asistente personal que había tenido.

Y también la deseaba.

Sin embargo, era consciente de que ninguna mujer le duraba más de un mes.

Pero, por bien que se hubiera portado con ella, ¿cómo había acabado?

Había perdido a Cecelia.

Decidió que ese era el momento apropiado para averiguar más sobre la vida de Cecelia.

–¿Cómo murió tu madre? –preguntó él.

Como iba a marcharse de la empresa, Cecelia decidió decirle la verdad.

–Creo que se pasó con la cocaína.

Capítulo 4

«OH, CECELIA!».

Luka no había esperado una respuesta, mucho menos que Cecelia le confesara que su madre había muerto de una sobredosis de cocaína.

Al pensar en ella, tan remilgada y estirada, había supuesto que se debía a la educación que había recibido. Y así había sido, pero en modo distinto a como él se había imaginado.

Sin embargo, no hizo ningún comentario, porque no quería decir nada inconveniente y, sobre todo, porque quería que ella siguiera hablando.

A Cecelia le gustó que Luka guardara un paciente silencio. Y se lo agradeció.

—Según me han contado, mi madre estaba en una fiesta.

—¿Fue un hecho aislado...? —preguntó él.

—No, era algo que ocurría con regularidad. A mi madre le encantaban las fiestas, llevaba una vida desenfrenada.

—¿Y tú vivías con ella?

—Sí, vivía con ella —Cecelia asintió.

—¿Cómo te sentías viviendo con tu madre?

Cecelia rebuscó en la memoria buenos recuerdos del pasado. Quería decir que, a pesar de todo, había disfrutado de momentos muy felices y que se había sentido querida.

Sin embargo, no podía hacerlo. Por eso utilizó una sola palabra para describir lo que había sido vivir con su madre.

—Insegura.

Sí, ahora entendía a Cecelia un poco más.

Pensó en el ordenado escritorio de ella, en los bien organizados cajones, en lo reacia que era a la diversión.

Entonces, la vio agarrar su bolso y ponerse en pie.

—Será mejor que volvamos a la oficina —le dijo Cecelia, pensando que había hablado demasiado.

—No, siéntate —dijo Luka.

Pero ella sacudió la cabeza.

—No tengo tiempo para estar aquí sentada junto al río y hablar del pasado —declaró Cecelia—. Y tú tampoco. Tienes una reunión con García a las diez.

—Ya te he dicho que García puede esperar.

Pero ella no.

Cecelia se alejó, avergonzada y sin saber por qué le había contado lo de su madre; normalmente, hacía todo lo posible por ocultar su pasado.

Normalmente, le hacía daño la reacción de la gente al respecto, le dolían las expresiones de sorpresa y las recriminaciones. Le entraron ganas de llorar al recordar la reacción de sus amigas del internado al leer los artículos de los periódicos sobre la muerte de su madre.

El colegio no había sido un episodio feliz en su vida.

Sus compañeras habían leído unas a otras todos y

cada uno de los vergonzosos detalles del fallecimiento de su madre mientras las oía tumbada en la cama por las noches. Después, las interminables preguntas:

–¿Estaba tu madre en una fiesta o en una orgía? –le había preguntado Lucy, la líder de su clase–. ¿Y qué han querido decir con eso de «una postura comprometida»?

Y la situación no había mejorado durante las vacaciones, pensó Cecelia acelerando el paso al recordar a sus tíos. Apenas habían mencionado a su madre y, cuando hablaban de ella, lo hacían en tono reprobador.

La verdad era que, una vez viviendo con sus tíos, estos casi nunca hablaban de su madre.

En cuanto a Gordon... él ni siquiera había mencionado el nombre de su madre y había preferido ignorar el sórdido pasado de Cecelia.

Sin embargo, Luka quería saber más.

–Espera –como ella no se detuvo, él la alcanzó–. ¿Por qué te vas? Estábamos hablando.

–Porque tenemos trabajo, por...

«Por ti». No podía dejar de recordárselo a sí misma.

Cuatro semanas más le parecieron una eternidad; no obstante, la suerte era que Luka estaría fuera de Londres dos semanas.

Sería una locura intimar con él.

Una locura.

No podía permitirse creer que podría conseguirle.

Cecelia conocía a Luka lo suficiente para saber que, con él, solo sería una noche, dos semanas a lo sumo.

Cecelia sabía con certeza cómo acabaría: él se mostraría indiferente, la esquivaría. Lo había visto constantemente. El problema era que no sabía cómo podría recuperarse.

Nunca había sentido tantas emociones como sentía por él.

Luka Kargas era su única debilidad y eso no podía ser.

Por lo tanto, después de la maravillosa cena a la orilla del río, subieron en silencio en el ascensor. Ya en la oficina, ella se dispuso a preparar la reunión que había sido retrasada una y otra vez. Se aseguró de que Luka tuviera en su escritorio las notas que necesitaba y trató de ignorar el aroma de Luka mientras hablaba por Internet con Stacey, la asistente personal del señor García.

—No va a estar aquí hasta dentro de media hora —dijo Stacey, y Cecelia gruñó para sí, quería que el día acabara lo antes posible—. ¿Vas a poder...? —se interrumpió cuando la pantalla se apagó.

Fue entonces cuando Cecelia se dio cuenta de que Luka había apagado el ordenador.

—¿Qué demonios has hecho? —preguntó ella.

—No me gusta que me hagan esperar.

—Pero si has sido tú el que ha cancelado la reunión de esta mañana.

—¿Y? —Luka se encogió de hombros—. Mañana pones la excusa de que nos habíamos quedado sin conexión. Ahora no tengo ganas de pasar el tiempo en una reunión revisando números.

—Bien —dijo Cecelia de mal humor.

Esa maldita reunión se había retrasado tantas veces

que llegó a preguntarse cómo era que todavía hubiera gente que quisiera hacer negocios con Luka.

No obstante, sabía la respuesta.

Luka era extraordinario.

Y le esperarían.

–Quiero hablar contigo.

–¿Del trabajo? –preguntó ella.

–No.

–En ese caso, no hay nada que hablar. Iré a hacerte el equipaje y luego me marcharé a casa –declaró Cecelia.

Cecelia echó a andar hacia la suite de él.

Normalmente, le llevaba cinco minutos prepararle el equipaje a Luka; pero, en esa ocasión, él no iba en viaje de negocios, y la ropa que tenía allí consistía en trajes, camisas y corbatas.

En la suite de Luka, Cecelia se plantó delante del armario, miró la ropa que había en él y, después, se dio la vuelta y salió de allí.

Encontró a Luka sentado en la mesa de despacho de ella.

–No sé qué meter en tu maleta –admitió Cecelia–. ¿Vas a pasar aquí la noche?

Luka asintió.

–En ese caso, tendré que ir a tu casa a por otra ropa. Te traeré la maleta mañana por la mañana, cuando venga a trabajar.

–De acuerdo.

Cecelia agarró su bolso y le dedicó una tensa sonrisa.

–Gracias por la cena, por la tarta y por el maravilloso regalo que me has hecho.

–De nada.

Cuando los oscuros ojos de Luka se clavaron en los suyos, Cecelia se preguntó si no debería darle un beso en la mejilla a modo de agradecimiento. Eso era lo que habría hecho con cualquiera que le hubiera dado un regalo así.

Pero Luka no era cualquiera.

Y aquella noche, el control que ejercía sobre sí misma flaqueó, se inclinó sobre él y le dio un suave beso en la mejilla.

Apenas le rozó la piel con los labios, pero tuvo que contener la respiración para aminorar el impacto que sufrieron sus sentidos.

Se apartó de Luka y se despidió de él.

—Hasta mañana —dijo Cecelia mientras se alejaba del peligro.

Sin embargo... sin embargo...

—Si necesitas algo más...

Había pronunciado esas mismas palabras cientos de veces, pero esa noche habían cobrado un significado diferente.

La respuesta de él también fue diferente esa noche:

—Necesito estar contigo.

Cecelia le miró también a los ojos. Y justo cuando ella creía que, por fin, Luka iba a besarla, él posó las manos en sus brazos.

Se imaginó otra vez esos largos dedos morenos en su pelo y esa boca próxima a su mejilla mientras Luka abría el cierre del collar; esa vez, en vez de negarse, en su imaginación, ella asentía.

—Deja que te lo ponga —dijo Luka.

Luka le agarró el bolso, sacó el regalo y dejó caer el bolso al suelo.

Despacio, Luka, mientras abría la caja, oyó la respiración de Cecelia. Sintió el ambiente cargado de repente. Inhaló el aroma de la seducción. Porque eso era lo que Cecelia hacía, sin decir nada, sin moverse, seducía.

—Date la vuelta —dijo él.

Cecelia, obedeciéndole, se dio la vuelta, de cara a la pared.

Cecelia había sido consciente de cómo iba a acabar aquella noche, de cómo iba a acabar ese año.

Pero ya no tenía importancia.

Ella iba a dejar ese trabajo.

Cecelia iba a subirse la cola de caballo, pero Luka la hizo bajar la mano.

—No te preocupes, ya me las arreglo yo —dijo Luka.

Cecelia apenas pudo respirar cuando sintió las manos de Luka en la garganta, el roce de sus dedos en la nuca. Era un hombre alto y estaba segura de que había endurecido, y quiso echarse hacia atrás y apoyarse en él.

Sintió la frialdad del collar al caerle entre los senos y el roce de los dedos de Luka cuando cerró el broche. Pero entonces, en vez de hacerla darse la vuelta para verle el collar puesto, Luka le tocó la rebeca.

—No me gusta nada —dijo él al tiempo que se la quitaba.

Luka no iba a darse prisa, llevaba esperando demasiado tiempo, pensó mientras despojaba a Cecelia de esa maldita rebeca y la dejaba caer al suelo.

Ella tembló cuando Luka le acarició los brazos, algo que él llevaba queriendo hacer toda la noche.

—Luka... —dijo Cecelia con una voz cargada de deseo, no de reproche.

Cecelia sintió los labios de él en la nuca, un roce tan suave como el beso que ella le había dado en la mejilla, pero el mensaje era el mismo, una promesa.

–Quiero ver cómo te queda el collar como es debido –dijo él.

Cecelia sintió las manos de Luka mientras le deshacía el lazo del cuello del vestido y se mordió los labios cuando él le desabrochó el sujetador sin tirantes.

Le pesaban los pechos y quería que Luka se los tocara. Pero él se limitó a deshacerle la cola de caballo y a colocarle la melena sobre los hombros. Durante un segundo, solo un segundo, él le rozó los senos.

Luka sintió los pezones duros y fue él entonces quien respiró sonoramente, su deseo era intenso.

Cecelia apenas podía aguantar. Oyó un ruido y, al volver el rostro, vio a Luka tirando la chaqueta en una silla. Miró de nuevo la pared, no sabía si debería verle desnudarse.

Entonces le oyó quitarse la camisa y casi se le doblaron las piernas al imaginarse el torso de él desnudo.

Le temblaban los muslos y quería sentarse; pero Luka le puso las manos en los hombros y le dio otra orden:

–Date la vuelta.

Cuando la tuvo de cara a él, Luka vio que el pálido rostro de Cecelia estaba tan enrojecido como si hubiera tenido un orgasmo.

–Te queda precioso.

Luka sintió un fiero deseo de chuparle los pechos, de manosearlos; sin embargo, ni siquiera se habían besado todavía.

Sus labios se acariciaron. Sus pechos entraron en contacto. Luka la estrechó contra sí y ella gimió. Luka sabía a anís y a fruto prohibido.

Fue entonces cuando la besó de verdad, con dureza, y ella le devolvió el beso con la pasión contenida de un año. Acarició los brazos que la sujetaban y luego le rodeó el cuello, tirando de Luka hacia sí.

Luka había temido reticencia por parte de Cecelia, pero se había encontrado con un urgente deseo. Esa mujer que casi nunca se ruborizaba, que siempre se mostraba fría y distante, ahora ardía.

Al pegar las caderas contra las de ella, Cecelia le agarró el pelo con más fuerza.

Pequeños besos, besos húmedos, besos ardientes... Luka la empujó hasta pegarla a la pared. Ella agradeció el apoyo que le ofrecía porque le temblaban las piernas.

Luka se apretó contra ella, le apartó las manos de su cabeza y se las bajó hasta hacerlas tocar la dureza que quería introducirse en esa mujer.

Se apartó de Cecelia ligeramente, con las frentes tocándose, para permitirle que le liberara.

Y, como Luka era Luka, tenía un preservativo a mano. Pero antes de cubrirse, Cecelia le sujetó unos momentos, le acarició.

Cecelia se pasó la lengua por los labios y él lanzó un gruñido, porque quería llevarla a su suite. Quería despojarla del resto de la ropa, pero su deseo era urgente, inmediato. Le apartó la mano, se puso el preservativo y volvió a besarla.

Se besaron con pasión. De repente, demasiado no era suficiente. Luka le subió el vestido, le acarició el interior de los muslos con dureza y la encontró caliente y húmeda. Tiró de las bragas de ella lo suficiente como para poder penetrarla.

Cecelia nunca había sentido semejante frenesí mientras Luka le subía las piernas y se rodeaba con ellas la cintura.

Fue un acoplamiento duro y delicioso.

Él la sujetaba por las nalgas, agarrándola con tal fuerza que temió dejarle marcas.

—¡Luka!

Luka sintió el movimiento de los músculos internos de Cecelia y se hundió más y más en ella.

Al sentir el orgasmo de Cecelia, se sacudió espasmódicamente y alcanzó el clímax también.

Por fin, se besaron con languidez al recuperar el sentido del tiempo y el espacio y ella plantó los pies en el suelo.

—Vamos.

Luka empezó a recoger la ropa desperdigada con la intención de ir a su habitación, a su cama, para volver a empezar el proceso; esa vez, con más lentitud.

Pero Cecelia decidió no despertar allí a la mañana siguiente.

Había vislumbrado el paraíso y era más que suficiente, se había prometido a sí misma marcharse de allí por decisión propia, no según los dictados de Luka.

—Tengo que irme a casa.

Cecelia recogió el sujetador; pero, como iba a resultarle prácticamente imposible abrochárselo, lo guardó en el bolso.

—Cece...

Pero ella permaneció impertérrita.

–Luka, tengo que irme a casa.

–No te vas a escapar tan fácilmente.

–No me estoy escapando –le corrigió ella–. Solo quiero ir a mi casa.

Cecelia había recuperado la compostura, pensó él mientras contemplaba el collar entre esos hermosos pechos.

No parecía poder hacer nada por detenerla. Cecelia había tomado una decisión.

Normalmente, la situación le habría parecido perfecta.

Un buen orgasmo y luego nada de conversación. El problema era que quería averiguar más cosas sobre ella, y estaba seguro de que la cuestión entre los dos no había quedado zanjada para siempre.

–Gracias por una noche extraordinaria –dijo Cecelia.

Entonces, igual que había hecho antes, se inclinó hacia él y le dio un beso en la mejilla como si nada hubiera ocurrido.

–No te vayas todavía –dijo Luka.

–Lo siento, quiero irme ya.

Luka la vio acercarse al ascensor y apretar el botón.

Cecelia entró en el elevador y apretó el botón del piso bajo. Entonces, se apoyó en el frío espejo. Realmente, no le sorprendía que hubiera ocurrido lo que había ocurrido.

Llevaba meses deseándolo.

Hacía calor aquella noche. De camino a la boca de metro, oyó su nombre.

–Señorita Andrews...

Cecelia se volvió y vio al chófer de Luka.

—El señor Kargas ha dicho que es demasiado tarde para ir en el metro.

Le molestó y lo agradeció en la misma medida.

Lo agradeció porque era una muestra de que Luka había pensado en su bienestar, en que llegara a salvo a casa.

Le molestó porque era una pequeña muestra del mundo de Luka, un mundo que a ella le estaba vedado.

Capítulo 5

CECELIA se despertó al oír la alarma del reloj y, en vez de levantarse, se quedó mirando el collar que Luka le había regalado.

No quería ser una de esas mujeres que albergaban la esperanza de que, con ellas, todo sería diferente.

Por primera vez, no había seleccionado la ropa del trabajo la noche anterior, pero se perdonó el descuido.

Se puso un traje azul marino y, después de una última mirada al espejo, salió de su casa. Tomó el metro, pero no para ir a la oficina, sino a casa de Luka, tenía las llaves.

El portero del edificio, que ya la conocía, la recibió con una sonrisa. Ella se dirigió directamente al ascensor. Después, llamó a la puerta de la casa y esperó unos momentos antes de abrir.

En una ocasión, creyendo que Luka estaba en el extranjero, había ido allí sin avisar ni llamar al timbre y había sorprendido a Luka en la cama.

Ni solo ni durmiendo.

Sí, trabajar como asistente personal de Luka era un auténtico suplicio.

Cecelia se adentró en el vestíbulo; pero en vez de ir directamente al dormitorio de él, se dirigió al cuarto de estar y se quedó contemplando la vista de Hyde Park mientras se preguntaba qué actitud adoptaría Luka cuando la viera en la oficina.

¿Haría como si no hubiera ocurrido nada? ¿Esperaría que, durante el mes de plazo que tenía antes de dejar el trabajo, siguieran acostándose juntos?

Sacudió la cabeza para aclararse las ideas y, con la maleta que llevaba, se encaminó hacia el dormitorio.

¡Maldición!

Luka estaba en la cama; por suerte, esa vez se encontraba solo.

Y durmiendo.

Con sigilo, Cecelia abrió el armario y, cuando la luz de este se encendió, Luka se movió.

—Hola —dijo él con voz espesa por el sueño.

—He venido a hacerte el equipaje.

Luka debió de recordar entonces lo que habían hecho la noche anterior, porque preguntó:

—¿Por qué te marchaste anoche tan precipitadamente?

—Porque quería ir a casa —contestó ella. Se volvió, sonrió e hizo lo posible por no dar importancia al asunto—. Además, quería dormir.

—Ya, entiendo. Si te hubieras quedado no habrías dormido mucho.

Luka se llevó las manos a la nuca y la observó mientras ella metía ropa deportiva en la maleta.

—¿Vas a bañarte? Lo digo por meterte algún bañador —preguntó ella.

—¿Tú qué crees, Cece?

Había sido una pregunta estúpida, dado que Luka

iba a una isla, pero la había hecho más por cambiar de tema que por otra cosa.

—Creo que deberías llamarme por mi nombre —contestó Cecelia, ignorando la pregunta de él. Claro que iba a bañarse.

—No es un campamento de verano —Luka sonrió traviesamente—. Cada una de las casas tiene piscina privada —dijo Luka mientras ella iba al cuarto de baño de la habitación. Desde allí, le oyó soltar una carcajada—. Aunque, hace años, había una piscina para todas las casas. Yo trabajaba allí.

—¿Que trabajabas allí? —Cecelia se rio desde el baño mientras recogía los artículos de aseo de Luka—. ¿De qué, de chico para todo?

—Sí.

—No me digas —Cecelia, sonriendo, volvió a la habitación—. Luka, era una broma.

—Pero es verdad. Solía ir a la salida de la escuela y durante las vacaciones. Entonces no era un sitio tan lujoso como ahora. El propietario se llamaba Geo.

—¿Cómo era el tal Geo?

—Un vago y un ludópata —contestó Luka. Y mientras la miraba, ahí de pie, junto a la puerta del baño, pensó en todo lo que ella le había contado la noche anterior.

Y lo que no le había contado.

Sí, había muchas cosas que no le había contado. Recordó el comentario de Cecelia respecto a que no todo era una cuestión de dinero. Cecelia creía que su vida había sido fácil, que todo se lo habían servido en bandeja de plata.

Era lo que todo el mundo creía.

Luka sospechaba que la estirada Cecelia no le perdonaría la realidad de sus orígenes, y ella no iba a ser
la primera persona a quien se lo contara.

Luka no estaba acostumbrado a compartir.

Tanto en los negocios como en la vida privada prefería tomar a dar.

No obstante, Cecelia le había hablado mucho sobre sí misma la noche anterior. El sentimiento de cul-
pabilidad por su pasado era como un cáncer, aunque
no estaba dispuesto a admitirlo.

—Me dedicaba a recoger las toallas, a llevar bebi-
das... ese tipo de cosas. Cuando terminé los estudios
en el colegio, conseguí un trabajo de recepcionista.

Cecelia cerró la cremallera del neceser y lo metió
en la maleta. Iba a preguntarle qué calzado quería
llevarse cuando Luka dijo algo que la hizo fruncir el
ceño.

—Además del trabajo en la recepción, seguía trabajando en la piscina, pero por mi cuenta, y no eran
precisamente toallas lo que recogía.

Cecelia alzó el rostro y le miró a los ojos.

—¿Qué quieres decir?

—Como trabajaba en recepción, sabía quiénes eran
las mujeres ricas, porque ellas tenían acceso a la playa
privada y a las vistas del mar.

—No te entiendo...

—Creo que sí me entiendes, Cece.

Cecelia metió un cinturón en la maleta y esquivó
su mirada, pero él vio dos manchas rojas en sus mejillas.

Cecelia se avergonzó de sí misma por preguntarse
por qué siempre pensaba en el sexo cuando estaba con

Luka, segura de que había malinterpretado las palabras de él.

—Gané mucho dinero así y lo ahorré. Y, cuando Geo perdió una fortuna en el juego y necesitaba dinero, yo ya tenía el capital suficiente para comprar una parte del restaurante y poner el apellido Kargas en la puerta.

—¿Quieres explicarme cómo demonios un chico que trabajaba recogiendo toallas en la piscina pudo ahorrar el dinero suficiente para comprar un restaurante?

—No era la clase de establecimiento que es ahora —observó él.

—¡Eso da lo mismo! ¿Has querido decir que eras un gigoló?

—Si lo quieres llamar así, sí, eso es lo que yo era —confesó Luka, y supuso que Cecelia cerraría la maleta y se marcharía sin más.

Sin embargo, no lo hizo.

—Pero... ¿cómo? —preguntó Cecelia—. ¿Qué hacías?

Luka se encogió de hombros.

—Una sonrisa, un gesto... Con frecuencia, esas mujeres me invitaban a una copa.

—Yo creía que era al revés.

—No.

—¿Y tú fijabas el precio?

—No, claro que no —contestó Luka—. Habría sido de muy mal gusto.

—No me puedo imaginar... —Cecelia sentía auténtica curiosidad.

—¿Qué? —dijo él—. ¿No te puedes imaginar que alguien deje claro lo que desea?

—¡No, no puedo! —admitió ella.

–Deberías probar.

–No, gracias –dijo ella con remilgo–. No me puedo imaginar a mí misma guiñándole un ojo a un chico que trabaja en la piscina.

Luka sonrió.

–La primera vez que ocurrió me quedé atónito. Estaba charlando con una de las huéspedes del hotel, era viuda. Me invitó a cenar. Yo respondí que no, que a Geo no le gustaría verme cenando con una de las clientas. Entonces me propuso cenar en su habitación. Así que fui, cenamos y después... –Luka sonrió–. Bueno, supongo que te puedes imaginar el resto.

–No, no puedo –dijo Cecelia. Quería saber más, sentía tanta curiosidad que acabó sentándose en la cama–. ¿Qué edad tenía?

–Era un poco mayor que yo por aquel entonces, unos treinta y tantos –respondió Luka–. Esa fue la primera vez que me acosté con una mujer por dinero –Luka miró a Cecelia fijamente–. ¿Con quién te acostaste tú por primera vez?

–No tengo por qué contestar a eso.

–Si quieres saber más sobre mí tendrás que contestar.

–Con Gordon.

Luka arrugó la nariz y se sorprendió al sentir algo que podía calificar de celos.

Lo que era ridículo, teniendo en cuenta que estaba hablando con Cecelia de su depravado pasado.

–Bueno, en realidad, la primera fue una mujer despampanante, divorciada. Ella estaba allí con unos amigos, pero tenía casa propia en la isla. Pasaba con ella todas las noches, creía que estaba en el paraíso.

La mañana que se marchó, fue a la recepción y, cuando Geo no miraba, me entregó un sobre. Yo creía que era una carta. Cuando abrí el sobre, encontré un montón de dinero. Hasta ese momento había creído que se trataba de un idilio.

—¿Te molestó que te pagara?

—No, nada de eso —contestó Luka—. En realidad, ya me estaba empezando a cansar.

Cecelia alzó los ojos al cielo y se contuvo para no decir que quizá fuera una señal de lo que iba a pasar en el futuro.

—No hacía más que pensar en cómo romper con ella; al final, decidí hacerlo cuando ella acabara sus vacaciones. Por aquel entonces yo era muy inocente.

Cecelia esbozó una irónica sonrisa.

—Creo que no has sido inocente nunca. Y después de que ella se marchara, ¿hubo más?

—Por supuesto, aunque no siempre me pagaban con dinero. A veces me regalaban un reloj o cosas así. Una vez, una me regaló un coche...

—¿Un coche?

Cecelia se echó a reír.

—¡Luka!

—¿Qué? Siempre tenía cuidado y no siempre me acostaba con ellas.

—¿Qué otras cosas hacías?

—Relaciones románticas. Cenas. Compras. Pero, sobre todo, charlábamos.

—¿Te refieres a que les decías lo que ellas querían oír?

—Exacto.

—¿Les tomabas cariño?

—A algunas sí —contestó él—. Pero, en general, lo

consideraba un trabajo –Luka la miró a los ojos–. A
esas mujeres yo no les importaba nada, Cece. Pagaban por los servicios que Luka Kargas prestaba.

Durante unos años, aquella piscina había sido su
lugar de trabajo y sus clientas habían sido todas mujeres ricas.

–En fin, cuando ya pude comprar el restaurante,
contraté un buen chef y cambié la decoración.

–¿Y tu padre?

Por lealtad a su madre, le resultó imposible confe-
sar directamente que su padre era un vago redomado
y que no había movido un dedo en su vida.

–El restaurante empezó a marchar bien y acabó
habiendo demasiada clientela para un solo chef. Aunque yo me aseguré de que no fuera «demasiado» bien.

–¿Por qué?

–Porque sabía que, tarde o temprano, Geo volvería
a meter la pata y se vería obligado a venderlo todo. Yo
me preparé para encontrarme en posición de com-
prarle el complejo turístico cuando eso ocurriera. Con
ayuda, por supuesto...

–¿Con ayuda financiera? –interpuso Cecelia.

–No. Me ayudó una de las mujeres con las que
salía –no añadió que esa misma mujer le aconsejó no
meter a su padre en el negocio del hotel.

Fue un consejo por el que le estaría eternamente
agradecido.

–¿Cuántos años tenías?

–Veintidós. Una vez que el negocio ya era mío,
contraté al mejor chef que encontré y fue entonces
cuando todo empezó a ir realmente bien. Con el tiempo,
fui comprando las casas y los terrenos de alrededor.

De todos los hoteles de mi propiedad, ese es la joya de la corona. A pesar de sus modestos orígenes, ahora es magnífico.

Cecelia se lo quedó mirando. Ese hombre la hechizaba. También la ponía nerviosa porque, cuanto más le conocía, más le deseaba.

—¿Sigue siendo tu padre socio tuyo?

—No del todo —Luka sacudió la cabeza—. Los hoteles son míos, los restaurantes son de los dos —entonces, de improviso, admitió más de lo que había sido su intención—. Jamás debería haberme metido en negocios con él.

—En eso estoy de acuerdo contigo, no me parece aconsejable entrar en negocios con la familia —declaró Cecelia—. Y otra cosa que no me parece aconsejable es tener relaciones con un jefe. No digo que sienta lo que pasó anoche, pero no debería volver a ocurrir. Me tomo mi trabajo muy en serio.

—Lo sé, pero te vas a ir, ¿no?

—Sí —reconoció ella—. No obstante, sigo pensando que no está bien y no quiero que ni Bridgette ni cualquier otro de la empresa se enteren de lo que ha pasado una noche entre los dos.

—¿Una noche?

—Luka, hablo en serio. Y, cuando vuelvas de Xanero, todo volverá a ser como antes.

Cecelia estaba haciendo un gran esfuerzo para proteger su corazón; al mismo tiempo, estaba sentada en la cama de Luka mirándole a los ojos.

Luka tiró de ella hacia sí y Cecelia se lo permitió. Se besaron. Podían permitírselo, pensó ella, Luka se marchaba esa misma mañana.

Pronto se restablecería el orden.

Aunque todavía no.

Sus lenguas se exploraron y sus bocas se buscaban en un ansia de sensaciones.

Luka le besó el cuello, le apartó la solapa de la chaqueta y le besó el hombro para después pasarle la lengua por la clavícula.

—No me hagas moratones... —dijo ella, pero Luka, ignorándola, la mordió y la chupó mientras deslizaba una mano por debajo de la falda para acariciarle los muslos.

—Ven a la cama —dijo Luka.

Sin titubear, ella asintió.

Cecelia se puso en pie y él no le quitó los ojos de encima mientras ella se desnudaba.

Cecelia podía ver el bulto del miembro endurecido bajo la sábana y, como obedeciendo a la orden de los ávidos ojos de ella, Luka apartó la sábana.

Le encantaba no tener que convencerla. No tuvo tampoco que quitarle el sujetador ni besarla mientras le bajaba las bragas.

Cecelia se encargó de ello.

Las delicadas ondas del cabello de Cecelia desprendían un reflejo rojizo que no había apreciado la noche anterior. Por primera vez en años, deseaba saborear a una mujer.

—A partir de hoy... —le advirtió ella al tiempo que se tumbaba en la cama—. Lo digo en serio, Luka.

—Sí, entendido. Por eso vamos a aprovechar ahora.

En vez de besarla, Luka se puso de rodillas y acercó la cabeza a los pechos de ella.

Rodeó un pezón con la lengua; después, cerró la boca sobre el pezón. Mientras Luka la chupaba, Cecelia sintió unos estremecimientos más abajo.

—Luka...

—¿Te gusta? —preguntó él apartando la boca, soplándole después el pezón.

Cecelia no supo qué responder. No solo le gustaba, era una bendición. Cerró los ojos y sintió la boca de él en el vientre.

—¿Voy a recibir los servicios completos de Luka Kargas? —preguntó ella.

El tiempo pareció detenerse de repente, Luka se quedó quieto. Lo que Cecelia no sabía era que, desde hacía años, las cosas habían dado la vuelta en el mundo de Luka. Él ya no iba con mujeres a cambio de dinero ni favores.

Ahora, él tenía más dinero que ellas.

Ahora, era él quien pagaba por los favores.

Aunque no con dinero, por supuesto.

Sino con regalos y exóticos fines de semana.

Ahora ellas le perseguían a él, no al contrario.

Pero esa mañana, no.

Hacía años que...

Años que dar placer a una mujer era importante para él. Como ese día.

—No, vas a recibirme a mí —respondió Luka por fin.

Luka le besó el vientre, con la misma intensidad y profundidad como si le estuviera besando la boca. Cecelia contuvo la respiración cuando él deslizó una mano entre sus muslos cerrados.

—Abre las piernas.

Cecelia así lo hizo, un poco, casi decidida a no disfrutar. Recordándose a sí misma que esa era la especialidad de Luka.

Cecelia casi no podía respirar cuando él le introdujo los dedos e, involuntariamente, dobló las rodillas y alzó las piernas.

Las mujeres le habían pagado por hacer aquello, se dijo a sí misma mientras él continuaba acariciándole el sexo.

Cecelia contuvo un gemido y él, notándolo, incrementó la intensidad de sus caricias.

Luka la oyó gemir y jadear y, por fin, saboreó la esencia de Cecelia.

Los muslos le temblaron cuando él la penetró con la lengua. Ella intentó apartarle y él se dio cuenta de que se resistía a que le procurasen placer.

Por lo tanto, incrementó la intensidad.

–Luka... –gimió ella, aquello le resultaba demasiado intenso.

Cecelia quería el clímax; pero sabía que sería tan profundo que le daba miedo.

–Vamos, Cece...

Había sido una orden, una orden que su cuerpo ya no podía ignorar. Cecelia arqueó la espalda y el orgasmo más increíble de su vida la sacudió.

Nunca le había sabido tan bien. Aquello no se parecía en nada al trabajo de años atrás. Eso era diferente.

Subió el cuerpo por la cama y se besaron desesperadamente.

Ninguno de los dos había conocido nada parecido.

Luka era un hombre con mucha experiencia y Cecelia apenas una iniciada en los juegos de la pasión;

sin embargo, los dos estaban enfebrecidos por la pasión.

—Esto no ha sido una cuestión de trabajo, ha sido una bendición —declaró él.

Luka se posicionó para penetrarla, empujando ligeramente con el pene.

—Ven a Xanero conmigo —le susurró al oído.

A Luka no le apetecía ir y ahora había encontrado la forma de hacer el viaje más soportable.

A Cecelia le gustó la idea de pasar un par de semanas así. Pero se contuvo.

—No —dijo ella, y Luka se apartó—. Me refiero a que no a ir a Xanero contigo.

Pero sí a lo que iban a hacer.

Cecelia cerró los ojos cuando él se adentró en su cuerpo, hasta el fondo.

Luka le agarró una pierna y se la levantó, dando otro empellón. Cecelia estaba más abierta que nunca.

Luka se movió despacio y sintió los músculos internos de ella cerrándose sobre su miembro.

Cecelia le clavó las uñas en las nalgas y se movió con él hasta que el uno se perdió en el otro, sumidos en el momento.

—Luka...

Cecelia apenas podía respirar; pero, obedeciendo a su ruego, Luka aumentó el ritmo y la intensidad, haciéndola perder el sentido. Al sentir acercarse el orgasmo, no se contuvo.

Tras unos últimos y frenéticos movimientos, los dos gritaron al unísono.

Era la primera vez que Cecelia gritaba al hacer el amor. Era como si su cuerpo ya no le perteneciera,

como si fuera de una mujer que sabía lo que significaba estar liberada.

Sin embargo, por glorioso que fuera lo que sentía,
sabía que tendría que recoger las cenizas del fuego
que iba a quemarle el corazón.

Capítulo 6

VEN CONMIGO a Xanero.

Luka aún estaba encima de ella, dentro de ella.

Cecelia estaba pasando por un momento de debilidad, sabía que iba a decir que sí, pero entonces Luka volvió a hablar.

—No al complejo turístico, eso no —añadió él cargando el peso del cuerpo en los brazos—. Mi madre pensaría que lo nuestro es algo serio. No, te quedarías en el barco.

Cecelia se deslizó, salió de debajo de él, y se tumbó de costado. Luka hizo lo mismo.

Casi había dicho que sí.

En un delicioso momento de debilidad, había estado a punto de sucumbir, y no pudo evitar cierta amargura en la voz al responder a la invitación.

—O sea, me invitas a ir a Xanero a modo de diversión.

—Pasaría el día trabajando —dijo él mientras jugueteaba con sus pechos—. Y, por las noches, te compensaría por haberte dejado sola.

Luka la había invitado para jugar con ella en la cama.

De repente, viéndolo todo claro, Cecelia se apartó y se sentó en la cama.

Fue entonces cuando se dio cuenta...

–¡Luka, no hemos usado protección!

Cecelia había cometido un grave error y no tenía disculpas.

Ninguno de los dos.

–¿Estás tomando la píldora?

–Sí, estoy tomando la píldora –contestó ella malhumorada mientras trataba de recordar si no había olvidado tomarla la noche anterior, porque no era solo la ropa lo que se le había olvidado la noche anterior. Sin embargo... seguro que, si iba a casa y se la tomaba ahora, no pasaría nada.

Pero el embarazo no era lo único que la preocupaba.

–No es solo lo de quedarme en el barco –Cecelia volvió la cabeza y vio que Luka tampoco parecía contento.

–Cecelia, allí no tendrías que preocuparte de nada –dijo Luka, acercándose a ella–. Y yo siempre utilizo preservativo.

–¡Es evidente que no!

La culpa la tenían los dos, Cecelia era consciente de ello, y estaba más enfadada consigo misma que con él.

–No te vas a quedar embarazada, ya verás –dijo él en tono de no darle importancia, no quería admitir lo raro que era en él haber cometido semejante desliz.

Tensa, Cecelia asintió y fue a darse una ducha. Luka se quedó en la cama, con las manos detrás de la cabeza, tratando de dilucidar qué había pasado.

Esa mañana había olvidado todas las precauciones que tomaba siempre. Se había dejado llevar hasta el punto de olvidarse de todo lo que no fuera el momento.

Y, además, no solo había invitado a Cecelia a acompañarle a Xanero, también le había hablado de sus comienzos, de cómo había llegado tan lejos como había llegado.

Luka no tenía amigos íntimos.

Separaba el trabajo de su vida familiar y jamás, jamás, había invitado a ningún empleado a ir a la isla.

El barco, para él, era un escape, un lugar para fiestas, para la diversión. Nunca lo había utilizado para estar con una mujer haciendo vida de pareja.

Cecelia salió de la ducha y se vistió rápidamente. Luka sintió un gran alivio de que ella tuviera tantas ganas de marcharse como él de que se fuera, porque Cecelia le había hecho sentirse confuso.

—Llevaré tu maleta a la oficina —dijo Cecelia.

—Gracias —Luka asintió—. Te veré allí.

No, Luka no era un caballero, no le había dicho que dejara la maleta, que él la llevaría.

Y tampoco apareció el chófer.

Tendría que ir en el metro.

Cecelia quería volver a ser su asistente personal y nada más, perfecto para él.

La noche anterior lo habían pasado muy bien.

Igual que esa mañana; sin embargo, se sentía inquieto.

Luka no quería intimar con nadie, pero lo había hecho con Cecelia.

Xanero era un infierno en el paraíso.

Para Luka, la primera semana había sido una auténtica pesadilla: su madre resignada a morir y su padre comportándose como si fuera el dueño y señor del restaurante y del complejo turístico.

Y él había descubierto que su padre trataba muy mal a los empleados.

¡Sinvergüenza!

No iba a permitir que se tratara mal a los empleados en ninguno de sus establecimientos.

Por fin, a mitad de la segunda semana de su estancia en Xanero, el miércoles por la mañana, ya había tomado ciertas decisiones y estaba a punto de ejecutarlas.

Cruzó la terraza del restaurante, en el que unos clientes disfrutaban del sol matutino, y se adentró en la oscura frescura del interior.

Theo Kargas estaba en el bar, hablando con el encargado del bar, y Luka pudo sentir la tensión de este último.

—Eh —le dijo a su padre—, tenemos que hablar.

—¿De qué? —preguntó Theo mientras se metía en la boca unos pequeños boquerones fritos.

Theo estaba tranquilo, su hijo nunca discutía con él delante de los empleados.

Ese día era distinto.

—Quiero hablar contigo de lo mal que tratas a mis empleados y de tu inexcusable conducta con mi madre.

Theo se atragantó.

—¿Tus empleados? Somos socios. Yo te di...

—Tú no me has dado nada —dijo Luka, muy cerca de la cara de su padre—. Si quieres creer tus propias mentiras es asunto tuyo. Y ahora, como te he dicho, tenemos que hablar.

Luka indicó una mesa con un gesto. Prefería hablar de esos asuntos en privado, pero se había enfrentado a su padre delante del encargado del bar intencionadamente.

Theo iba a escucharle; de lo contrario, él iba a actuar.

–Yo compré este restaurante con mi dinero, con el dinero que conseguí de mujeres ricas –dijo Luka.

–Luka... –le advirtió su padre, ya que un camarero estaba preparando una mesa cerca de donde estaban y podía oír la conversación.

–¿Qué? –Luka se encogió de hombros–. No me avergüenzo de ello.

Quizás un poco. Pero ahora, después de habérselo contado a Cecelia, se había reconciliado con su pasado.

Así que le dijo a su padre unas cuantas verdades.

–Te di la oportunidad de trabajar, pero tú te negaste a hacer nada. Llevo años aguantándote y lo he hecho por mi madre, pero esto se ha acabado. Voy a contratar a un gerente y él estará en contacto directo conmigo. Se acabó tu maltrato a los empleados. Y voy a llevarte a juicio para deshacerme de ti y voy a cambiar el nombre del restaurante, que se va a llamar Luka Kargas.

–Eso matará a tu madre.

–Mi madre ya se está muriendo –observó Luka mirando fijamente a su padre–. No, no es verdad, no se va a morir porque se va a venir a Londres conmigo y allí la someterán a un tratamiento y podrá descansar y estar cuidada.

–No tienes derecho a venir aquí y dar órdenes...

–Sí, claro que tengo derecho –declaró Luka–. Este complejo turístico es mío, yo soy el propietario, y puedo hacer con él lo que quiera. Y, si no hubiera sido por mi madre, ahora estarías en una cabaña en medio del monte muriéndote de hambre. Y te lo advierto, Theo, no me pongas a prueba.

–¡Soy tu padre!

Theo se puso en pie, se inclinó sobre la mesa y agarró a Luka por la camisa.

–Te sugiero que me quites las manos de encima
–dijo Luka fríamente–. Ya no tengo diez años, ya no
puedes maltratarme. Podría destrozarte y te aseguro
que no me importaría nada.

Sensatamente, su padre le soltó. Pero Luka no había acabado.

–No tienes ni idea de lo cruel que puedo llegar a
ser –declaró Luka–. Te lo repito, solo te he permitido
estar aquí por mi madre.

Tras esas palabras, Luka se puso en pie, salió del
restaurante y se dirigió a su casa.

Le habría encantado darle una paliza a su padre,
pero... ¿qué habría ganado con ello?

Se quitó la ropa, se tiró a la piscina, hizo unos largos y, casi sin aliento, salió del agua.

Entonces, envió un mensaje a Cecelia.

Tenemos que hablar.

Cecelia vio el mensaje en el ordenador y se puso
tensa. Aunque habían hablado por teléfono de trabajo,
esa vez parecía tratarse de algo personal.

Estoy a punto de entrevistar a una candidata.

¿Y?

No, Luka no quería hablar de lo que había pasado
entre los dos y Cecelia se censuró a sí misma por lo

poco profesional que había sido su respuesta. Cuando Luka Kargas quería hablar con su asistente personal, eso tenía prioridad sobre todo lo demás.

–Tengo que hablar con el señor Kargas –dijo Cecelia a la mujer a la que iba a entrevistar–. Volveré cuando acabe.

Cecelia no pidió disculpas a Sabine por hacerla esperar, era mejor que la candidata fuera haciéndose una idea de lo que le esperaba.

Al cabo de unos momentos, no solo el rostro de Luka apareció en su pantalla. Estaba con el torso desnudo y se le veía un pezón rodeado de vello negro. Entonces, Luka movió su pantalla y ella vio que llevaba el pelo mojado y tenía los ojos entrecerrados para protegerse de la luz del sol.

–¿Qué estás haciendo en estos momentos? –preguntó él.

–Estoy trabajando –Cecelia frunció el ceño.

–Quiero que tomes un avión y vengas aquí –dijo Luka–. Quiero que estés aquí esta noche.

–¿Por cuestiones de trabajo? –preguntó ella.

–No.

A Cecelia le gustaba que Luka no se anduviera con rodeos.

De hecho, le gustaba que él, fundamentalmente, le hubiera pedido que tomara un avión para poder acostarse con ella. Pero... ¿qué pasaría cuando Luka se cansara de ella? Tuvo que recordarse a sí misma todos los motivos por los que había rechazado la oferta de Luka desde el principio.

Una mañana, Luka se despertaría y, en vez de besarla, se alejaría de ella.

Y la despreciaría.

Lo había visto con demasiada frecuencia, sabía lo que le esperaba.

Al menos, ahí en Londres, estaba en su casa, tenía su refugio.

Pero ¿en Xanero?

—Si no es por trabajo, no voy a ir.

—Está bien —dijo Luka secamente—. En ese caso, quiero que me busques un piso.

—Bien.

—Y quiero que me busques unas enfermeras privadas, y que hablen griego.

Cecelia anotó todos los detalles.

El tono ahora era profesional. No obstante, Cecelia quería averiguar más cosas sobre la madre de Luka, pero preguntar al respecto sería poco profesional.

—¿Cómo van las entrevistas a las posibles candidatas? —preguntó Luka.

—Estoy en ello —respondió Cecelia—. Ya he pasado a las segundas entrevistas. Así que, cuando vengas, tendrás tres candidatas entre las que elegir.

—¿Alguna que sobresalga?

Cecelia vaciló.

Una parecía sobresalir.

Sabine.

Su currículum era magnífico y parecía una mujer inteligente y dispuesta. El único problema era que no le caía bien.

—Sí, una, Sabine —respondió Cecelia—. Está esperando, cuando cuelgue contigo voy a hacerle una segunda entrevista y a enseñarle la oficina. Pero...

—¿Pero qué?

–No sé –admitió Cecelia.

–Vamos, di lo que sea.

–No acaba de gustarme –Cecelia se encogió de hombros–. No obstante, no es a mí a quien tiene que gustar. Esperemos a ver el resultado de esta entrevista. Habla griego, algo que puede ser de gran ayuda con tu madre y...

–Mi madre va a ir a Londres para someterse a un tratamiento, no para charlar con mi asistente personal.

Luka apagó el ordenador y lo cerró.

No quería que Cecelia dejara el trabajo.

Y, sin embargo, quizá fuera lo mejor. A pesar de no querer que sus ayudantes se vieran mezclados en su vida privada, había contado a Cecelia cosas que no le había dicho a nadie. También le había pedido que buscara una enfermera y un piso.

Confiaba en ella, a pesar de sentirse más cómodo no confiando en nadie.

Tras aquella extraña conversación, Cecelia comenzó la entrevista.

Era consciente de que quizá Sabine no le cayera bien por motivos personales. La joven era despampanante: ojos de un azul profundo y una melena negra a capas. La hacía sentirse anodina.

–Lo más probable es que Luka la llame Sab o Sabby... –comentó Cecelia mientras enseñaba a Sabine las oficinas–. No lo soporto.

–Me puede llamar lo que quiera siempre que me pague.

Cecelia contuvo la respiración.

Sabine era arrogante y mostraba una excesiva confianza en sí misma, sería una contrincante perfecta de Luka.

–Esta es su suite –dijo Cecelia al abrir la puerta de los aposentos de Luka–. Vienen a limpiar todos los días, y yo vengo a comprobar si todo está bien. Aunque, ahora que Luka está en Grecia, no es necesario.

–Sí, lo sé, lo he leído en la prensa –dijo Sabine.

Ella también había leído un artículo al respecto. Al parecer, Luka había dado una fiesta en su barco y aparecía en una foto rodeado de unas cuantas bellezas.

Pero no era solo la promiscuidad de él lo que le preocupaba, sino lo ocurrido la mañana que habían hecho el amor. No se podía creer que a él se le hubiera olvidado ponerse un preservativo y a ella tomarse la píldora la noche anterior. Aunque intentaba no perder la calma, el día anterior había concertado una cita con su médico de cabecera.

Una vez que terminara la entrevista con Sabine, Cecelia iba a ver a su médico.

–Bueno, gracias por venir –dijo Cecelia mientras acompañaba a Sabine al ascensor–. Nos pondremos en contacto con usted a finales de semana.

–Gracias –Sabine sonrió y ambas mujeres se estrecharon la mano.

A Cecelia no le gustaba nada Sabine; pero, al parecer, era la única.

–Parece muy agradable –comentó Bridgette.

Sí, debía de ser por motivos personales, supuso Cecelia. Por eso, decidió recomendar a Sabine.

Luka tendría la última palabra.

—Voy a salir, estaré ausente durante un par de horas —le dijo a Bridgette—. Voy a tener el móvil desconectado.

—¿Qué quieres que le diga a Luka si llama? —le preguntó Bridgette.

—Dile que... dile que he salido a almorzar.

Cecelia tomó el metro en dirección a su barrio y después tuvo que esperar casi una hora a que su médico la atendiera.

La doctora Heale la saludó y Cecelia le explicó el motivo de su visita.

—No creo que haya pasado nada, puede que esta visita sea una pérdida de tiempo... —comenzó a decir Cecelia.

—No se preocupe, dígame qué le pasa.

A Cecelia le resultaba muy difícil hablar del sexo, sabía que era por la educación que sus tíos le habían impartido. No obstante, no le quedaba más remedio que superar su propia reticencia.

—La semana pasada hice el amor sin que mi pareja se pusiera un preservativo.

—¿Cuándo fue exactamente?

—El martes por la mañana —contestó Cecelia.

—¿Toma la píldora? —preguntó la doctora Heale.

—Sí. Aunque suelo tomarla por las noches y...

—¿Y esa noche se le olvidó?

—Exacto.

—Me temo que ya es demasiado tarde para la píldora del día después —declaró la doctora—. ¿Sigue usted con su novio?

Cecelia recordó la última visita a la médica, había

pedido que le dieran la píldora antes de acostarse por primera vez con Gordon.

—No.

—¿Tiene otro novio?

—No —respondió Cecelia—. Fue un encuentro... casual.

—Bien —dijo la doctora Heale—. Sin embargo, con este tipo de relaciones es más importante aún tomar precauciones.

La doctora tenía razón, por supuesto.

—Ya que está aquí, ¿quiere someterse a unas pruebas destinadas a comprobar su estado sexual? —sugirió la médica.

Cecelia accedió y volvió a la oficina una hora más tarde.

—Luka te ha estado llamando —dijo Bridgette—. No le ha hecho mucha gracia que tuvieras el móvil apagado.

Cecelia apenas se había sentado detrás de su escritorio cuando Luka volvió a llamar.

—¿Qué tal te ha ido en el dentista? —preguntó él, como si no acabara de creerse la disculpa.

—¿Qué?

—Eres tú quien está poniendo excusas. ¿Has ido a visitar tu nuevo lugar de trabajo? ¿Has ido a almorzar con tu nuevo jefe?

—No —respondió Cecelia con calma—. Tenía una cita que no podía cancelar. Dime, ¿qué quieres?

«Que vengas aquí», quiso responder Luka.

—¿Cómo ha ido la entrevista con la candidata?

—Muy bien. He seleccionado a tres para que las entrevistes tú.

—Las entrevistaré a principios de la semana que viene. Avísales.

—Entonces... ¿vas a estar el lunes aquí? –preguntó Cecelia.

Pero Luka ya había colgado.

Capítulo 7

CECELIA se dio cuenta de que Luka había vuelto nada más salir del ascensor. El fresco olor a limón de él no se había disipado, pero ese día era aún más fuerte.

Se le hizo un nudo en el estómago, no sabía cómo comportarse delante de Luka.

—Hola —dijo Luka cuando ella estaba colgando su chaqueta.

Cecelia se volvió para saludar. Luka estaba guapísimo, se notaba que había estado tomando el sol.

—Hola, Luka.

—¿Cómo va todo?

—Bien. El señor García ha insistido en hablar contigo hoy.

—Dile que le haré un hueco mañana.

—Como tú digas —respondió Cecelia conteniendo un suspiro—. Y las candidatas para sustituirme van a venir hoy entre las dos y las cuatro de la tarde.

—Bien.

Luka había albergado la esperanza de que Cecelia, después de lo que había ocurrido entre los dos, hubiera cambiado de opinión y se quedara. Pero, en el fondo, sabía que no lo haría.

Cecelia era muy profesional; e incluso él, que en el

pasado se había acostado con alguna secretaria que otra, sabía que sería imposible volver a tener una relación estrictamente profesional con Cecelia.

Por primera vez, no quería hablar del trabajo ni ponerse delante del ordenador. Después de dos semanas infernales, lo único que quería era acostarse con Cecelia.

No obstante, tenía muchas cosas que hacer.

Era casi la una de la tarde cuando Cecelia le informó de que había visto un piso que podía interesarle y que, si quería, le sería posible visitarlo esa misma tarde.

—Ya no hace falta.

—Ah.

Luka le había pedido a su madre que fuera a Londres para someterse a tratamiento e intentar sobrevivir, pero ella se había negado. A lo que sí había accedido era a someterse a un tratamiento en Atenas, a condición de volver a su casa entre las sesiones de quimioterapia.

Luka sospechaba que eran las condiciones que su padre había impuesto, pero sus esfuerzos por convencer a su madre de ir a Londres había caído en oídos sordos.

Al menos, su madre no se había dado del todo por vencida, pero Luka sabía que tenía que insistir.

Había pasado la mañana consultando con sus abogados sobre el asunto de su padre, ahora sabía que iba a ser un largo proceso apartarle de la empresa.

Y no quería darle más disgustos a su madre.

A pesar de que no se encontraba bien en Xanero y no le apetecía ir, ni siquiera por un fin de semana, empezaba a darse cuenta de que pronto tendría que establecer allí su base; al menos, durante un tiempo.

—¿Has dicho que una de las candidatas habla griego? —preguntó Luka.

—Sí, Sabine.

—¿Y no le importa viajar?

—No, no le importa en absoluto —Cecelia asintió—. Pero, Luka, en mi opinión, Kelly, la primera candidata, es la mejor.

—¿Habla griego?

—No —respondió Cecelia—. Pero yo tampoco hablo griego.

—Hay muchas cosas que me gustaría que hicieras y que no haces —a juzgar por el tono de voz de Luka y la mirada, se estaba refiriendo a cosas que no tenían nada que ver con el trabajo.

Y Cecelia se enfureció.

—Soy la mejor asistente personal que has tenido en tu vida, no lo olvides. Y el hecho de que me haya negado a tomar un avión para ir a Xanero a darme un revolcón contigo no significa que no sea excelente en mi trabajo. No lo olvides nunca, Luka.

Luka se libró de contestar cuando el móvil de ella sonó.

—No te preocupes, contesta —dijo Luka, pero Cecelia negó con la cabeza.

—No, no importa.

Cecelia no estaba dispuesta a hablar con la doctora delante de Luka; sobre todo, teniendo en cuenta la naturaleza de las pruebas que le habían hecho la semana anterior. Por ello, se disculpó, volvió a la intimidad que le procuraba su escritorio y llamó al ambulatorio.

—Soy Cecelia Andrews —le dijo a la recepcionista—. He recibido un mensaje pidiendo que llamara.

–Un momento, por favor.

Fue más que un momento, fueron dos, y los más largos de su vida.

–La doctora quiere verla para hablar de los resultados de las pruebas que se hizo usted.

–Ahora estoy trabajando y me resulta muy difícil ir. ¿Podría hablar con la doctora...?

–Lo siento, no damos los resultados de las pruebas por teléfono. La doctora tiene un hueco el lunes a las dos y cuarto, ¿le parece bien?

–¡El lunes! –exclamó Cecelia. No, no podía esperar tanto tiempo.

–Han cancelado una cita hoy a la una y media. ¿Podría venir hoy a esa hora?

–Sí, lo haré. Y gracias.

Luka salió de su despacho en ese momento.

–Me gustaría que llamaras al equipo de Atenas ahora y...

–Es la hora del almuerzo –le interrumpió Cecelia.

Luka parpadeó.

–Pues come aquí. Necesito que te encargues de este asunto.

–Luka, tengo derecho a un descanso para comer y voy a tomármelo –declaró ella.

Cecelia estaba aterrada, pensaba en la promiscuidad de Luka y en lo que eso podía significar para ella.

Cecelia fue al baño y, cuando regresó, Luka vio que se había retocado el peinado y el maquillaje.

–Buena suerte –le dijo Luka mientras ella se alejaba.

–¿Qué? –Cecelia se volvió, preguntándose si Luka había adivinado adónde iba.

–Que buena suerte con tu nuevo jefe –dijo él con cinismo–. Supongo que te vas a reunir con él, ¿no?

Cecelia no contestó.

–No tardes más de una hora, es el tiempo de que dispones para comer.

Cecelia detestaba aquella situación. Jamás debería haberse acostado con su jefe.

Echando chispas, Cecelia tomó el ascensor, corrió hacia la boca de metro y llegó justo a la hora a su cita con la doctora. En el ambulatorio, le pidieron que diera otra muestra de orina.

Después, se pasó la media hora de espera más larga de su vida hojeando una revista tras otra. Hasta que, de repente, en una de ellas vio una foto de Luka pegado al cuerpo de una mujer con la que bailaba, en Barcelona. Aunque se trataba de una revista vieja, no era la clase de fotos que le apetecía ver en ese momento.

–¿Cecelia Andrews?

Cecelia dejó la revista y se puso en pie. Le estrangularía con sus propias manos si Luka le había transmitido una enfermedad venérea.

–Después de revisar los resultados de las pruebas, me ha parecido mejor hablar cara a cara con usted –dijo la doctora Heale.

A Cecelia se le encogió el corazón.

–Todo está bien, está usted sana. Sin embargo, quería examinar otra vez la orina porque ha dado niveles muy altos de BHCG.

–¿Qué es eso? –preguntó Cecelia.

–Es la hormona del embarazo –respondió la doctora–. La segunda prueba ha dado positiva, está usted embarazada.

–Pero... no lo entiendo, estoy tomando la píldora.

Pero una se le había olvidado.

Lo último que Cecelia quería era tener un hijo.

Sería una madre soltera. Igual que su madre. Y Luka era quien la había dejado embarazada.

Cecelia cerró los ojos.

–No sé qué voy a hacer –admitió Cecelia–. La verdad es que no sé qué pensar.

–Claro, es natural –dijo la médica–. ¿Por qué no pide una cita para la semana que viene? Así tendrá tiempo para asimilar la noticia y pensar en lo que quiere hacer.

Cecelia concertó una cita y salió del ambulatorio. En la calle, se secó las lágrimas con una mano y fue entonces cuando se dio cuenta de que estaba llorando.

Su móvil sonó, pero ni siquiera se le pasó por la cabeza contestar.

Echó a andar por la calle con el bolso en la mano, en vez de colgado al hombro como solía hacer.

¿Un niño?

No se le había ocurrido pensar en tener un hijo. Ni siquiera cuando estaba con Gordon.

Su trabajo era lo más importante de su vida. Era lo único que tenía. Y ahora... ¿cómo iba a poder seguir trabajando si tenía un hijo?

Luka seguiría como siempre. A él un hijo no le afectaría.

Trató de imaginarse la reacción de Luka cuando le diera la noticia.

Había trabajado para él durante casi un año y sabía lo cruel que podía ser. Esa misma mañana, se había reunido con los abogados para ver la manera de deshacerse de su padre.

No quería ni pensar en lo que iba a pasar si Luka se enteraba de que iba a tener un hijo.

Cecelia entró en un bar y pidió un vaso de agua. Se sentó en un taburete, pero el mundo seguía dando vueltas.

Iba a empezar un trabajo nuevo en un par de semanas. Aunque, por supuesto, era solo un contrato de seis meses. Lo que significaba que, cuando se le acabara el contrato, estaría embarazada de siete meses.

No podía haber elegido peor momento para quedarse embarazada; aunque, claro, no lo había elegido.

El móvil volvió a sonar y, sin pensar, respondió.

–¿Dónde demonios estás? –quiso saber Luka–. Bridgette se ha ido a su casa porque tenía una migraña y yo estoy haciendo de recepcionista con las posibles candidatas.

–Tendrás que arreglártelas sin mí –contestó Cecelia, porque no tenía fuerzas para volver a la oficina y estar con él. Incluso evitar que le fallara la voz le estaba costando un gran esfuerzo.

Luka oyó ruido de vasos, unas carcajadas y el esfuerzo que ella estaba haciendo al hablar. Se la imaginó con su nuevo jefe, cómodamente sentados en el sofá de un club.

–Todavía te quedan dos semanas de trabajo aquí, Cecelia. Te sugiero que vengas ahora mismo.

–Y yo ya te he dicho que no puedo.

No porque no quisiera, sino porque le resultaba absolutamente imposible ir a la oficina.

Luka cortó la comunicación y ella se quedó sentada mirando a una mujer que empujaba un cochecito con un niño mientras intentaba salir por unas puertas de cristal.

No, ese no era su mundo.

Entretanto, Luka, sentado, se quedó mirando el teléfono.

No estaba acostumbrado a que le contrariaran, no lo soportaba.

A la mañana siguiente, Cecelia llegó al trabajo y saludó al conserje. Después, se dirigió al ascensor, subió a las oficinas de la empresa y vio que Bridgette había llegado antes que ella.

Sin embargo, Bridgette no había sido la primera en llegar. Ni la segunda.

Su escritorio no estaba en el sitio habitual ni en el orden en que ella lo tenía. Encima, había un ordenador portátil, que no era suyo; al acercarse, vio un bolso en el suelo.

Había pasado la noche pensando, no en si le iba a decir a Luka lo del embarazo o no, sino en cómo decírselo.

Al parecer, Luka no iba a darle esa oportunidad.

—Cecelia.

Ella se volvió al oír la voz de Luka, sorprendida de que la hubiera llamado por su nombre.

—He contratado a la persona que te va a sustituir.

—Ya lo veo.

—No es necesario que sigas trabajando aquí.

—¿Qué pasa con...? ¿Y lo de Atenas?

—Ya está solucionado —dijo Luka—. Por supuesto, recibirás el dinero que te corresponde, a pesar de no haber acabado el mes de trabajo que debes.

–¿Y todo esto solo porque no volví ayer después del almuerzo?

–No, todo esto es por tu actitud.

–Es como si estuviera otra vez en el colegio –dijo Cecelia furiosa.

–¿Te censuraron tu actitud también en el colegio? –dijo Luka con fingida suavidad.

No, eso no le había ocurrido nunca. Siempre había sido diligente y estudiosa, decidida a llevar una vida completamente distinta a la de su madre.

Tampoco había hecho gala de malos modales en casa, con sus tíos.

Su actitud solo cambiaba cuando estaba con él. Luka sacaba lo peor de sí misma.

En ese momento, Sabine apareció y tuvo la delicadeza de dedicarle una sonrisa. Tenía el cabello algo revuelto, parecía como si hubieran estado trabajando toda la noche.

Trabajando o... lo que fuera.

Cecelia no quería pensar en qué podía ser «lo que fuera».

Fue entonces cuando, de repente, Cecelia tomó una decisión: no iba a decirle a Luka lo del embarazo.

No quería exponer a su hijo a la clase de vida que Luka llevaba. Sabía por experiencia el daño que eso podía causar.

Y si Luka era capaz de echarla de su vida en cuestión de horas, si Luka era capaz de observar con calma cómo Sabine le daba una caja con sus cosas y la acompañaba al ascensor, Luka también podía hacerle algo similar a su hijo.

Capítulo 8

POR SUPUESTO, la decisión de no decirle nada a Luka no estaba tan clara. Durante los dos primeros meses, Cecelia continuó muy enfadada, no se había merecido ese trato, con Sabine acompañándola hasta asegurarse de que se iba.

Cecelia había considerado abortar; al final, no se había atrevido. No obstante, ocultó su embarazo a todo el mundo y se volcó en su nuevo trabajo. Mientras no se le notara, podía seguir con su vida como si nada hubiera cambiado.

Al principio, estaba contenta de no trabajar dieciséis horas al día, como le había pasado con Luka. Sin embargo, ahora que sabía lo que era hacer el amor con él, Luka ocupaba sus sueños y sus pensamientos por las noches.

Al contrario que Luka, el jefe que tenía ahora era políticamente correcto y no había hecho ningún comentario respecto a su cada vez más amplia cintura. Pero poco antes de las Navidades, Cecelia le comunicó que no iba a renovar su contrato de trabajo una vez que los seis meses llegaran a su fin.

Cecelia siempre había tenido cuidado con el dinero y poseía unos ahorros; lo que le iría bien, ya que empezaba a darse cuenta de que le resultaría imposible cuidar de su hijo y trabajar al mismo tiempo.

La incertidumbre respecto al futuro la hacía despertarse con frecuencia en mitad de la noche y, por supuesto, había ocasiones en las que consideraba la posibilidad de ponerse en contacto con Luka y explicarle la situación.

Pero antes debía tranquilizarse, pensó Cecelia mientras se dirigía a casa de sus tíos para darles la noticia. Estaba demasiado nerviosa, tenía miedo y, con frecuencia, se echaba a llorar.

—Cecelia —su tía frunció el ceño al abrir la puerta—. ¿Cómo es que no has llamado para decirnos que venías?

¿Debería haberlo hecho?, se preguntó Cecelia. Pero, como de costumbre, no dijo nada.

Y tampoco se quitó el abrigo.

Se sentó en el cuarto de estar, esperó a que su tía sirviera el té, y se sintió tan incómoda como el primer día que fue a esa casa para quedarse allí a vivir.

—¿Qué tal el trabajo? —le preguntó su tía.

—Bien, bastante bien —Cecelia asintió—. Trabajo menos horas que en el anterior. Sin embargo, ya le he dicho a mi jefe que no voy a renovar el contrato.

—¿Has encontrado otra cosa? —le preguntó su tía.

Cecelia bebió un sorbo de té, dejó la taza en el plato y, con un esfuerzo, dijo:

—No. Voy a pasar unos meses sin trabajar porque estoy embarazada.

—No sabía que tuvieras novio —dijo su tía después de una breve pausa.

No, no tenía novio. Ni pareja.

–Mi contrato acabará dos meses antes del parto y puedo permitirme unos meses más sin trabajar.

–¿Y qué dice el padre de todo esto?

–No sabe nada –admitió Cecelia–. Todavía no se lo he dicho.

En el fondo, Cecelia sabía que, antes o después, tendría que decírselo a Luka, pero primero tenía que acostumbrarse ella a la idea de que iba a ser madre. Y no quería ponerse histérica o echarse a llorar delante de él al darle la noticia. Desgraciadamente, así era como se encontraba la mayor parte del tiempo. Aunque lo disimulaba.

Sí, la conversación con su tía iba a ser difícil, pero esperaba que, al final, se mostrara comprensiva. No obstante, sus esperanzas se vieron truncadas rápidamente.

Vio a su tía añadir una cucharadita de azúcar en el té; después, lo removió y dejó la cucharilla en el plato. A continuación, se hizo un prolongado silencio.

–De tal palo, tal astilla –declaró su tía por fin–. Tuve que cargar contigo, con el error de tu madre, y no pienso hacer lo mismo otra vez.

Cecelia sintió un escalofrío por todo el cuerpo. En ese momento, los últimos veinte años cobraron sentido para ella. Sus tíos jamás la habían querido.

La consideraban un error. Eso era lo que su tía la había llamado.

En el fondo, siempre lo había sabido.

–Será mejor que me marche –dijo Cecelia educadamente–. Por favor, saluda al tío de mi parte.

En vez de ir a su casa, Cecelia se dirigió a las oficinas de Luke. Pero no entró en las oficinas, sino en un café próximo desde el que podía ver el edificio de su antiguo trabajo.

«Un error», pensó una y otra vez. Las mismas palabras que su padre había pronunciado la única vez que la había visto.

Trató de imaginarse la reacción de Luka. En su cabeza, le vio enfadado, los dos discutiendo... Y allí mismo, en el café, se echó a llorar.

No estaba preparada para darle la noticia de su embarazo si solo con pensar en ello se ponía a llorar.

Al final, resultó ser un embarazo sin complicaciones, pero se encontró terriblemente sola. Los seis meses de su contrato acabaron y se marchó del trabajo. Apenas hablaba con sus tíos y los pocos amigos que tenía estaban sorprendidos de que no hubiera abortado.

Y lo peor era que echaba de menos a Luka.

Al final, no le llamó por creerlo un deber, sino porque anhelaba oír su voz.

Pero Luka había cambiado su número privado. Por eso llamó a la oficina, haciendo acopio de todo su valor para cuando Bridgette o Sabine contestaran la llamada.

Sin embargo, le contestó una voz desconocida.

–Lo siento, el señor Kargas no está disponible para recibir llamadas sin cita previa.

–Yo trabajaba para él –explicó Cecelia–. Era su asistente personal y...

–Como le he dicho, el señor Kargas no recibe llamadas sin cita previa –insistió una voz brusca y eficiente, utilizando el mismo tono de voz que ella había utilizado al tratar por teléfono con mujeres desesperadas que habían tenido relaciones con Luka.

—Necesito hablar con él —dijo Cecelia—. ¿Podría decirle que le he llamado?

—Por supuesto.

Pero Luka no le devolvió la llamada.

Llegó la primavera y, tres semanas antes de que supuestamente diera a luz, Cecelia volvió a llamar a Luka.

—El señor Kargas no recibe llamadas sin cita previa.

—Parece un disco rayado —contestó Cecelia de mal humor antes de cortar la comunicación.

El parto tenía esas cosas, irritaba a las mujeres. Quizá, en mitad de una contracción, no era el mejor momento de decirle que iba a tener un hijo.

Entonces, Cecelia pidió un taxi por teléfono.

—Buena suerte, querida —le dijo la señora Dawson, su vecina.

—Gracias.

Se sintió muy sola durante el parto. Y le dolió. Quería volver a su vida de antes. Una vida ordenada. La vida que tenía antes de conocer a Luka Kargas.

No quería ser madre y mucho menos madre soltera, y lloró por el dolor y por las equivocaciones que había cometido.

Pero entonces, a las seis y diez de una mañana de primavera, y por segunda vez en su vida, lo que Cecelia sintió fue amor.

La primera vez había sido amor por Luka.

Esa vez, sintió un amor absoluto e incondicional al tomar al bebé en sus brazos.

Era una niña. Un ser diminuto y rosado con pelo oscuro y sonoro llanto.

Su hija siempre se sentiría querida. Desde el primer momento, Cecelia la adoró.

–¿Sabe ya qué nombre le va a poner? –preguntó la matrona mientras Cecelia contemplaba a su hija.

–Me gusta el nombre de Emily –respondió Cecelia.

Pero eso había sido antes de conocer a la niña. Antes de contemplar el oscuro cabello y los oscuros ojos del bebé.

Su secreto.

Un secreto que algún día tendría que revelar. Pero todavía no.

No quería que algo sórdido afectara a la vida de su hija: acusaciones, recriminaciones, pruebas de ADN, abogados, desdén...

Eso era lo que se imaginaba que ocurriría. Nada en su pasado indicaba que pudiera ser distinto.

Y supo entonces qué nombre le iba a poner a su hija.

Era el nombre perfecto para la niña y lo pronunció por primera vez al besar la suave mejilla del bebé.

–Pandora.

Capítulo 9

ERA VERANO una vez más. Aunque el anterior había sido mejor.

Pero Luka se alegraba de volver a casa. Sí, Londres era su casa. Xanero era un lugar precioso y su familia vivía allí, pero Londres era su verdadero hogar.

Luka apartó los ojos de la carta que estaba leyendo y miró por la ventanilla mientras su chófer sorteaba el tráfico de las concurridas calles.

Había ido a Londres de vez en cuando, pero había sido un año horrible a nivel personal y había pasado la mayor parte del tiempo en la isla.

Amber, su extraordinariamente eficiente asistente personal, le había dado un montón de correspondencia personal y quería echar un vistazo a las cartas antes de volcarse de lleno en el trabajo. Muchas de las cartas y tarjetas las habían escrito amigos y conocidos dándole el pésame por la muerte de su padre.

–¿Qué tal el funeral? –preguntó Amber.

–Bien –Luka asintió.

El día anterior habían enterrado a su padre. El año anterior había creído que el primer funeral al que iba a asistir sería el de su madre; sin embargo, después de meses de tratamiento, Sophie Kargas estaba mucho mejor.

—¿Puedo hacer algo...? —comenzó a preguntar Amber.

—No, nada, todo está bien —respondió Luka, interrumpiéndola.

No quería que su asistente personal se inmiscuyera en sus asuntos familiares.

Sabine había acabado siendo una auténtica pesadilla. Debería haber prestado más atención a las advertencias de Cecelia respecto a ella, a Cecelia no le había gustado. Con arrogancia, había supuesto que se debía a lo hermosa que era Sabine y quizá al hecho de que Cecelia pudiera estar celosa.

Sin embargo, la celosa había sido Sabine.

Sabine no había llevado bien el hecho de que él no hubiera mostrado interés por ella. Y el día que la sorprendió leyendo sus correos electrónicos privados la echó, en ese mismo momento.

Amber la había sustituido y, aunque no hablaba griego, no tenía quejas de ella. Era una mujer diligente, eficiente y no tenía interés en ascender en su profesión a base de acostarse con sus jefes.

Sin embargo, aunque estaba contento con ella, echaba de menos a Cecelia. En todos los sentidos. Y mucho más aquella semana.

Sí, había sido un año difícil, aunque no en lo profesional.

En lo profesional, las conversaciones con García habían dado resultados muy positivos y ahora ya tenía un restaurante en Manhattan y pronto inauguraría otro en Singapur.

Incapaz de leer otra carta dándole el pésame, volvió a mirar por la ventanilla.

De repente, Luka vio a una mujer andando por la calle que le pareció ser Cecelia.

No podía ser, tenía que hacer algo respecto a su obsesión con ella.

Sin embargo, continuó observando a la mujer, su postura, su silueta...

–Ve más despacio –le dijo al chófer.

La mujer parecía más delgada que Cecelia y el cabello, en vez de rubio pajizo, era rubio rojizo y le caía en revueltas ondas por los hombros.

La incertidumbre no duró mucho. De repente, recordó la mañana en la que ella se había desnudado delante de él y también recordó que su cabello era, en realidad, rubio rojizo.

Sí, era Cecelia.

Llevaba un vestido azul marino y sandalias sin tacón. Y lo que llevaba atado a sus hombros no era un bolso de diseño, sino...

¡Cecelia llevaba un bebé en los brazos! ¡Cecelia tenía un hijo!

–No.

Había hablado en voz alta y Amber le miró.

–¿Te pasa algo?

Luka no contestó a su asistente, las ideas se le agolpaban en la cabeza. Pronto iba a hacer un año desde que se había acostado con Cecelia.

Y también recordaba muy bien el día que se marchó de la oficina para no volver.

Recordaba muchas cosas. Su vida había sido una locura desde entonces.

–Aparca –ordenó al chófer–. No, da la vuelta al coche.

A pesar de que la maniobra no era fácil en una calle tan concurrida, el chófer obedeció.

El corazón de Luka parecía querer salírsele del pecho mientras oteaba la calle, de un lado a otro, sin conseguir verla... Sí, ahí estaba.

Luka ordenó al chófer que parase el coche y, a través de los cristales oscuros de la ventanilla, observó a Cecelia.

Estaba algo más delgada de como la recordaba; pero, por lo que sabía de los embarazos, si el bebé era suyo, ¿no debería estar más gorda?

Luka agarró el móvil y marcó el número al que tantas veces había querido llamar.

Vio a Cecelia agarrar su móvil.

—¿Sí?

Cecelia no podía saber que era él quien llamaba porque después de echar a Sabine no había tenido más remedio que cambiar todos sus números telefónicos.

—Cecelia.

Al oír aquella voz, el mundo se detuvo.

El tráfico, el ruido, la gente en las concurridas calles... dejó de oírlo todo, excepto su nombre recién salido de los labios de Luka.

Aunque sabía que era él, no quiso reconocerlo, necesitaba darse tiempo.

—¿Quién es? —preguntó ella pasándose una mano por el cabello.

—Luka.

—Ah.

—¿Te he pillado en un mal momento?

—No, no, estoy... he salido a almorzar.

Luka la vio abrazar al bebé con más fuerza.

—Verás, me gustaría hablar contigo. ¿Podrías pasarte por mi despacho? Me gustaría comentarte unos asuntos pendientes del trabajo.

—Luka, hace un año que dejé tu empresa.

—Solo un par de cuestiones. No se trata de nada serio, pero el contable necesita verificar unas cosas... —ni siquiera estaba mintiendo porque, si ese bebé era suyo, desde luego que tenían que hablar—. ¿Podrías venir?

—Ya te lo he dicho, estoy trabajando.

—A la salida del trabajo —dijo Luka—. No llevará mucho tiempo. Le diré a Marco que se quede hasta que tú llegues.

—No me va a resultar fácil.

—La vida no es fácil, ¿verdad? —dijo Luka, y cortó la comunicación.

Cecelia no podía respirar. Sentía pánico, el mismo pánico que había sentido el día que descubrió que estaba embarazada.

Más ahora, porque adoraba a su niña.

Luka no podía saber lo de Pandora, se dijo Cecelia a sí misma. No, debía de tratarse de una cuestión de trabajo, algún documento que no había firmado o algún gasto que se le debía de haber olvidado pasarle al contable.

Cecelia miró a su hija. Sabía que, antes o después, tendría que decírselo a Luka. Pero con calma.

Llegó a su casa enrojecida y, por supuesto, la señora Dawson, su vecina, quería charlar.

—¡Mi hija se acaba de enterar de que va a tener mellizos! —exclamó la señora Dawson.

—¿Cuántos nietos va a tener entonces? —le preguntó Cecelia.

—¡Ocho! —respondió su vecina encantada—. ¿Cómo está Pandora?

—Muy bien —respondió Cecelia mientras observaba a la señora Dawson hacer sonreír al bebé.

—Esta niña siempre está contenta —observó la señora Dawson—. No se la oye llorar.

—Señora Dawson...

A Cecelia no le gustaba pedir favores, pero no sabía a qué otra persona podía recurrir, y la señora Dawson se había ofrecido en varias ocasiones.

—¿Podría cuidar de Pandora por un par de horas hoy por la tarde?

—¡Me encantaría!

—Por supuesto, le pagaré.

—No, ni hablar. Será un verdadero placer.

¿Por qué su tía no había dicho eso nunca?

Cecelia se vistió como si fuera a una entrevista de trabajo: traje azul marino.

Y aunque solo iba a ausentarse un par de horas y acababa de darle el biberón a Pandora, dejó otros dos biberones preparados por si acaso además de la manta de la niña, montones de pañales y también le dio a la señora Dawson su número de móvil.

Le ponía nerviosa dejar a Pandora con su vecina, pero la señora Dawson era muy amable y parecía encantada de poder cuidar a la niña.

—No tardaré mucho —dijo Cecelia.

—No te preocupes, cuidaré bien de Pandora.

Sí, sabía que Pandora estaría bien cuidada, pensó Cecelia al tomar el metro.

Pero... ¿y ella? ¿Cómo sería la reacción de Luka cuando se lo dijera? Porque ahora no tenía más remedio que contárselo.

El conserje le sonrió. Pero antes de subir, tuvieron que darle una tarjeta de visitante en la recepción.

A Cecelia le tembló la mano al pulsar el botón en el ascensor. Cuando las puertas se abrieron y salió del elevador, Bridgette no la recibió y en su antiguo escritorio vio a una mujer desconocida.

—Le diré a Luka que ha llegado —dijo la mujer—. Siéntese, por favor.

—En realidad, es a Marco a quien voy a ver, creo. ¿Podría decirle que estoy aquí?

Prefería solventar el asunto de trabajo primero, antes de hablar con Luka.

—¿Marco? —la mujer sacudió la cabeza—. Marco no ha venido hoy a la oficina.

Fue entonces cuando Cecelia oyó la voz de Luka.

—Yo me encargaré de esto.

Cecelia volvió la cabeza lentamente.

—Hola, Cecelia —dijo él.

—Hola, Luka.

Se le había olvidado el impacto que la presencia de ese hombre ejercía siempre en ella. Sin embargo, Luka no parecía muy contento de verla.

—Pasa a mi despacho —dijo él.

—Yo creía que iba a ver a Marco.

–Ya le verás –dijo Luka invitándola a entrar–. Por favor, siéntate.

Cecelia se alegró de poder sentarse, le temblaban las piernas; no solo de nervios, sino por estar delante de él.

Luka estaba guapísimo. Llevaba el pelo más corto de lo que recordaba, y eso acentuaba lo pronunciado de sus facciones. Estaba moreno y parecía aún más delgado.

Y más cruel, pensó Cecelia.

Hizo un esfuerzo por mirarle a los ojos, que parecían más aterciopelados y más negros. Y notó que no sonreía.

–¿Dónde trabajas ahora? –preguntó Luka.

–En el mismo sitio que cuando me marché de aquí –respondió ella.

–No me dijiste dónde.

–¿No?

Luka la vio pasarse la lengua por los labios. La miró a los ojos, esos fríos ojos verdes, e hizo un gran esfuerzo para no rodear su escritorio y arrancarle una confesión.

Estaba seguro de que el bebé era suyo.

–Bueno, ¿cómo estás, Cecelia? –preguntó él.

–¿Cómo estoy desde que, prácticamente, me echaron de aquí?

–Exageras –dijo él.

–¿Qué tal con Sabine? –preguntó Cecelia, recordando aquella humillante mañana.

–Mal –contestó Luka–. Acabé echándola y prohibiéndole acercarse a mis oficinas.

–Eso te pasa por mezclar el placer con los negocios y...—Cecelia se calló. No podía soportar la idea de Luka con Sabine en la cama—. ¿Y Bridgette, dónde está?

—Se ha tomado un año sabático.

Bueno, al menos eso era algo normal.

—En fin, ¿para qué me has hecho venir? —preguntó Cecelia.

—Marco ha encontrado un par de entradas de gastos en la contabilidad que no le cuadraban y necesitaba...

—¿No podía haberme enviado un mensaje por correo electrónico?

—Supongo que sí —respondió Luka—, pero yo quería verte.

Cecelia no estaba preparada para darle la noticia en esos momentos. Apenas se atrevía a mirarle a los ojos. Necesitaba reflexionar, pensar las cosas detenidamente, porque sabía que Luka no jugaba limpio.

Luka Kargas contaba con un equipo de abogados y pobre de ella si él decidía luchar contra ella.

Cecelia sabía que debía marcharse inmediatamente. También sabía que debería ver a un abogado antes de decirle a Luka que tenía una hija.

—Bueno, creo que lo mejor es que le digas a Marco que me envíe un correo electrónico —Cecelia agarró su bolso—. ¿Alguna cosa más?

—No estoy seguro —dijo Luka—. ¿Qué te parece si cenamos juntos?

—No, no es buena idea.

—¿Y si vamos a tomar una copa?

—No.

—Hace casi un año que no nos vemos —comentó Luka.

Cecelia se puso en pie.

–Luka, me voy.

Cecelia se dio media vuelta, dispuesta a salir. No sabía qué era lo que Luka se traía entre manos; pero, fuera lo que fuese, quería marcharse de allí. Había una tensión en el ambiente que no lograba explicarse, pero era casi palpable.

Tenía la mano en el pomo de la puerta cuando él dijo:

–¿No se te olvida algo?

–No –respondió Cecelia.

–¿No se te ha olvidado decirme que tengo un hijo? –preguntó Luka con una voz que se le clavó en el corazón.

Cecelia estaba de espaldas a él, pero, si había albergado alguna duda respecto a la paternidad del hijo de ella, ahora ya no. Cecelia había tensado los hombros y el temblor de sus piernas era visible, aunque seguía dándole la espalda.

–Siéntate, Cecelia.

Ella ya no tenía que cumplir las órdenes de ese hombre. Por eso, no se movió mientras se preguntaba cómo Luka lo había descubierto. Y ahora que ya lo sabía, su reacción no era como ella se había imaginado que sería. Había supuesto que le resultaría difícil convencerle de que él era el padre.

Cecelia no estaba preparada para esa situación y abrió la puerta, dispuesta a marcharse.

–Ni se te ocurra cruzar esa puerta –le advirtió Luka en tono amenazante.

Pero Cecelia, haciendo caso omiso de las palabras de él, cruzó la zona de recepción, que estaba vacía, y se dirigió al ascensor.

Luka apareció a su lado.

—Vuelve al despacho, Cecelia. Tenemos que hablar.

—No puedes retenerme aquí, Luka —gritó ella—. No tienes derecho a...

—¡No me hables de derechos cuando tú me has negado los míos! Así que vas a volver a mi despacho y vamos a hablar.

—Luka... Iba a decírtelo.

—No quiero más mentiras ni más disculpas —declaró él—. Lo único que quiero es que me hables de mi hijo.

—Tengo que volver a casa, con la niña.

Le vio tensar la mandíbula y apretar los labios al enterarse de que tenía una hija.

En ese instante, Cecelia se dio cuenta de que él jamás la perdonaría por haberle mantenido al margen de la vida de Pandora.

—Luka, sé que tenemos que hablar y comprendo que estés enfadado, pero ahora no puedo.

—Entonces, ¿cuándo? —preguntó él—. ¿Cuando cumpla los dieciocho años? ¿O cuando se te acaben los ahorros y necesites que te mantenga?

—Luka, por favor. Ahora no tengo tiempo para discutir.

Cecelia se encontraba perturbada, atrapada, confusa. Y no solo debido a que Luka ya sabía lo de Pandora. Estar tan cerca de él era un auténtico ataque a sus sentidos.

Llevaba un año tratando de olvidarle. Y ahora que estaba frente a él, resultaba que era ella la mentirosa y la culpable.

—Es la primera vez que me separo de la niña —no era una buena excusa, pero era la verdad.

–¿La has dejado con tu tía?

–¡No, claro que no! –exclamó ella al instante–. La he dejado con mi vecina. Luka, sé que tenemos que hablar, pero no vamos a aclararlo todo en cuestión de una hora.

–Me parece que no lo has entendido, Cecelia. No me importa el lugar ni la hora, pero esta noche voy a conocer a mi hija. Ya me has privado de mis derechos como padre demasiado tiempo.

No era la primera vez que Cecelia le veía así de enfadado y sabía que sería inútil seguir discutiendo con él. Además, Luka tenía razón, ella le había privado de sus derechos como padre hasta el momento.

–Puedo ir a tu casa o tú venir a la mía; o, si lo prefieres, podemos hablar aquí. Pero antes de nada, Cecelia, te advierto que, si intentas impedirme ver a mi hija, el próximo contacto conmigo será a través de un abogado. Y te aseguro que vas a salir perdiendo.

–¿Me culpas a mí de la situación?

–Sí, completamente –respondió él sin vacilar.

Capítulo 10

CECELIA eligió su casa.

Guardaron silencio durante el trayecto. Ella había intentado decirle el nombre de su hija, pero él le había contestado que se ahorrara la molestia.

—Cuando quiera saber algo, lo preguntaré.

En ese momento, Luka tenía mucho que asimilar. Acababa de enterarse de que tenía una hija. Hacía tres meses que era padre y no lo había sabido hasta ese día. No podía procesar más información, tenía miedo de perder los nervios.

—Creía que querías que habláramos —insistió Cecelia, con la intención de aclarar las cosas lo más posible antes de llegar a su casa.

—He cambiado de idea —dijo Luka—. Ya es demasiado tarde.

A Luka le ponía enfermo la idea de que hubiera podido ocurrirle algo a su hija y él no lo hubiese sabido. Miró a Cecelia, sentada a su lado, y pensó en su secreto y en cómo, por una casualidad de la vida, lo había descubierto.

Apenas podía contener la furia que se había apoderado de él.

—Ya hemos llegado —dijo Cecelia cuando el chófer se detuvo delante de la puerta de su casa. Pero, cuando el chófer abrió la portezuela del coche, Luka no salió inmediatamente.

Luka, que se sentía capaz de enfrentarse a cualquier cosa, estaba nervioso. Iba a conocer a su hija.

—¿No vienes? —le preguntó Cecelia.

—Claro que sí —Luka lanzó una mirada desdeñosa a Cecelia—. No voy a conocerla en la calle, ¿no?

Cecelia sintió el desprecio de él al entrar en su pequeño piso. Al salir de casa, no había notado lo desordenada que estaba. Ahora sí.

Antes de tener a su hija, en su mundo había reinado el orden, pero eso se había acabado. Con la niña, se daba una ducha rápidamente entre biberón y biberón y se peinaba los rizos cuando Pandora dormía.

Había revistas encima de la mesa de centro, un frasco con jarabe para la tos y un par de tazas. Encima del sofá había unas mantas de cuna, el resultado de una noche casi en vela.

Habían sido tres meses difíciles, pero también maravillosos. En general, estaba agotada y también se sentía muy sola. Apenas hablaba con sus tíos y no contaba con muchos amigos; los pocos que tenía estaban solteros, no tenían hijos y no les apetecía que les molestara el llanto de una niña durante el almuerzo del domingo.

—¿Te apetece...? —Cecelia se interrumpió, Luka no había ido allí para charlar y tampoco se había sentado.

—¿Podrías traer a mi hija, por favor?

—Sí, por supuesto.

La señora Dawson debía de saber ya que Cecelia tenía un invitado a su casa, ya que no le preguntó si quería entrar en su casa para charlar.

—No me ha dado ninguna guerra —dijo la señora Dawson mientras le entregaba a Pandora—. Se ha quedado dormida en mis brazos.

—Muchas gracias por todo.

—Ah, y hace nada que ha tomado un biberón —añadió la señora Dawson.

Pandora estaba envuelta en una suave manta de color lila y Cecelia respiró el delicioso aroma de su hija. Al cruzar el descansillo, Pandora debió de notar la tensión de su madre porque empezó a llorar.

Cuando entró en el cuarto de estar de su casa con Pandora, Luka se las quedó mirando, pero no se movió.

—En serio, Luka, iba a decírtelo.

—En ese caso, ¿por qué no me lo dijiste cuando te llamé por teléfono al mediodía?

—¡Porque estaba en la calle!

Sí, Luka sabía que decía la verdad, él la había estado observando desde el coche cuando la llamó. No obstante, esa pizca de sinceridad por parte de ella no aplacó su furia; al fin y al cabo, eran unos segundos de sinceridad en todo un año.

—¿Y por qué no me lo dijiste en la oficina? —preguntó él observando a la niña en los brazos de ella.

—No podía hacerlo cara a cara contigo —lo que era verdad, aunque Luka no iba a creerle—. Durante el embarazo, te llamé un par de veces, pero el número que tenía ya no estaba en servicio.

—No te esforzaste mucho.

—No —admitió ella.

—¿Por qué?

—Tenía miedo de cómo ibas a reaccionar. Creía que

me ibas a decir que abortara y que me había quedado embarazada a propósito para así...

—Yo estaba allí esa mañana, Cecelia. Sé cómo se concibe y es cosa de dos.

Cecelia esbozó algo parecido a una sonrisa, pero Luka no lo notó. A él, en ese momento, no le interesaba el pasado porque un pico de la manta que envolvía a la pequeña se corrió y le permitió ver un mechón de cabello oscuro y una pálida mejilla.

Luka se quedó sin respiración.

Entonces, se acercó a Cecelia. En realidad, no a ella, su atención estaba centrada exclusivamente en el bebé que Cecelia sostenía en sus brazos.

Cecelia vio un largo dedo moreno acariciar la mejilla de Pandora.

—¿Podría sostenerla yo?

—Está un poco inquieta...

—Solo te lo he pedido por educación —dijo Luka en tono duro—. Dame a la niña.

Cecelia le dio a Pandora y él la agarró en sus brazos con más soltura de la que había supuesto. Le vio acunarla y después, con cuidado, Luka se sentó sin apartar los ojos de la cara de Pandora.

—¿Qué nombre le has puesto? —preguntó él en tono irónico.

Si no le gustaba, le cambiaría el nombre. ¿Cómo se había atrevido Cecelia a tomar una decisión tan importante sin consultar con él?

—Pandora.

No, no le iba a cambiar el nombre. En el momento en que lo oyó, le encantó.

Luka lanzó una suave carcajada cuando, de repente,

Pandora abrió los ojos y le miró. Le miró con unos ojos oscuros rodeados de espesas pestañas negras.

Luka abrió un poco más la manta y vio más cabello oscuro y una boca como un capullo de rosa. Y, por primera vez en la vida, sintió la amenaza de unas lágrimas.

Era la primera vez que Luka tenía a un bebé en los brazos y, además, el bebé era suyo.

Contempló las pequeñas manos de la niña, sus diminutas uñas. Después, le acarició las cejas y la suave y sonrosada mejilla. Y entonces, con los ojos fijos en él, Pandora sonrió.

Pero los párpados parecían pesarle y Pandora cerró los ojos y él inhaló el aroma del milagro de su existencia.

Y, si la madre de la niña se hubiera salido con la suya, Luka jamás habría sabido que existía.

Toda la ternura que había sentido abandonó sus ojos al mirar a Cecelia.

–Sí, Pandora –dijo Luka–. Sin embargo, se ha descubierto tu secreto.

–Luka, en serio, iba a decírtelo...

–Calla.

–Luka, por favor, escúchame. Cuando me enteré de que estaba...

–Que no sigas –repitió él–. No voy a permitir que tus mentiras me estropeen este momento. Y no voy a discutir contigo delante de nuestra hija –entonces, volvió a mirar a Pandora–. Creo que deberías acostarla.

Luka se puso en pie y Cecelia, asintiendo, fue a agarrar a la niña, pero Luka no quiso dársela.

–Yo la llevaré a su cuarto.

–¡A su cuarto! –Cecelia lanzó una cínica carcajada–. Luka, esta casa solo tiene una habitación, no es una mansión.

Aunque había un pequeño estudio que, en el futuro, podría ser el cuarto de Pandora; por ahora, la niña dormía con ella en su habitación. A Cecelia le horrorizaba la idea de que Pandora pudiera despertarse en mitad de la noche y encontrarse sola.

Luka, por fin, le dio a la pequeña y ella la llevó a su cuarto.

Cecelia sabía que Luka estaba furioso. Ella también estaba furiosa. Debería habérselo dicho en la oficina, pero le había dado miedo. Ahora, no le quedaba más remedio que reconocer que era ella la responsable de la situación en la que se encontraba.

Cecelia acostó a Pandora y se la quedó mirando un momento, consciente de la presencia de Luka en el umbral de la puerta, observándolas.

–No quiero discutir –dijo Cecelia al salir de la habitación.

Salieron al pasillo y Cecelia se preparó para un interrogatorio; sin embargo, Luka parecía dispuesto a marcharse.

–¿Te vas ya? –preguntó Cecelia al verle encaminarse a la puerta de la casa.

–Sí, ha sido un día muy ajetreado –respondió Luka–. Esta mañana he vuelto de Grecia.

Había visto a Cecelia en el trayecto del aeropuerto a su casa. Ahora le parecía que hacía una eternidad.

–Había ido allí al funeral de mi padre.

–Lo siento.

–No, no lo sientes. ¿Cómo puedes sentirlo si no le conocías? –dijo Luka.

Cecelia le miró a los ojos y vio en ellos desprecio.

–¿Cuándo quieres volver a ver a Pandora?

–Mañana –respondió él secamente–. Un coche vendrá a recogeros a las nueve de la mañana.

–¿Un coche? ¿Para ir a tu casa o...?

–Voy a llevar a Pandora a Xanero mañana. Quiero que mi madre conozca a su nieta.

–Luka, no... –Cecelia le puso una mano en el brazo, pero él lo apartó, como si no quisiera que le rozara siquiera–. Pandora no puede viajar.

–¿Por qué no?

–No tiene pasaporte.

–Me pondré en contacto con la embajada y haré que le expidan uno inmediatamente, lo prepararán mientras vamos de camino al aeropuerto.

–¡No!

–Pandora tiene tres meses y va a viajar en mi avión privado y en compañía de su madre. No veo el problema.

–Yo tenía planes para mañana –dijo Cecelia, pero no le sirvió de nada.

–Cancélalos.

–Luka, no estoy tratando de apartarte de ella. Puedes ver a Pandora mañana si quieres, naturalmente, pero no puedes venir aquí y decirme que nos vamos a Grecia mañana...

–¿Estás segura de que no puedo? Tal y como yo lo veo, o te montas con la niña en un avión mañana para ir a un complejo turístico de lujo y pasar allí una semana o...

–¿Una semana? –Cecelia tragó saliva.

Luka asintió.

–Allí tendrás todo lo que necesites, incluidas niñeras excelentes. Y yo podré pasar unos días con mi hija
y mi madre con su nieta –Luka frunció el ceño–.
Creía que iba a gustarte la idea.

–¡No!

–¿Prefieres entonces pasar unos días en un juicio?
El resultado será el mismo: Pandora vendrá a Xanero
conmigo, mis abogados se encargarán de eso.

Cecelia se sintió enferma. Sabía que había perdido,
no podía enfrentarse a Luka Kargas.

–Te veré mañana –dijo él–. A las nueve. Pero, antes de irme, contéstame a una pregunta.

Cecelia se puso en guardia.

–Cuando te fuiste del trabajo, ¿sabías ya que estabas embarazada?

–Tenía la sospecha.

–La verdad, Cecelia.

–Sí.

Eso también le dolía, pensó Luka mientras el chófer le abría la portezuela del coche. Cecelia ya sabía
que estaba embarazada al dejar el trabajo.

Capítulo 11

EL SILENCIO era cruel. Un tiempo atrás, habrían mantenido una conversación. Un tiempo atrás, a ella le habría molestado que él la llamara Cece. Ahora, nada.

Como le había dicho, un coche fue a buscarlas a las nueve de la mañana; pero en vez de Luka, quien salió del vehículo fue la asistente personal de él. Le dijo que se llamaba Amber, le sonrió educadamente y le confirmó que sí, que había un asiento para niños en el coche.

El chófer se encargó del equipaje. Luka apenas la miró cuando ella abrochó el cinturón de seguridad de Pandora.

Luka llevaba unos pantalones de lino de color caqui y una camiseta negra. Nunca le había visto con un atuendo tan informal, pero estaba muy guapo.

Por fin, después de que abrochara el cinturón de Pandora, Luka asintió en su dirección a modo de saludo. Ella le respondió de igual modo.

Sin embargo, para mirar a Pandora, Luka se quitó las gafas de sol que llevaba y le dedicó una espléndida sonrisa. Después, la besó en la frente.

Cecelia vio a Pandora sonreír y emitir unos sonidos guturales dedicados a él. Parecía conocerle.

Cecelia notó entonces que Luka estaba cansado. Muy guapo, pero cansado. Y pensó en lo mal que debía de haberlo pasado durante los dos últimos días; primero, con la muerte de su padre; después, al enterarse de que tenía una hija. Sin embargo, Luka se deshizo en sonrisas con Pandora. Normal, era una criatura adorable.

Mientras se encaminaban a la embajada, la muy eficiente Amber se dirigió a ella.

—Su hospedaje está arreglado, igual que todo lo que Pandora y usted puedan necesitar. Sin embargo, si les falta algo, comuníquemelo inmediatamente.

Cecelia asintió.

Ese había sido su trabajo, pensó Cecelia. Ella se había encargado de tratar con las examantes de Luka y de los dramas que la promiscuidad de él había provocado. Por supuesto, ella nunca había recibido la noticia de que su jefe tenía una hija, pero Amber estaba manejando la situación como si fuera algo a lo que estuviera acostumbrada.

«Por favor, que no se haya acostado con ella», pensó Cecelia mientras Amber continuaba con una pregunta.

—El chef me ha preguntado si tienen alergia a algún alimento.

—No —Cecelia sacudió la cabeza—. Yo puedo comer de todo...

Pero no era eso lo que Amber había querido decir.

—Me refería a Pandora.

Cecelia lanzó una rápida mirada a Luka y vio la sombra de una sonrisa en el semblante de él, como si le hiciera gracia que la hubieran puesto en su sitio.

¡Aquello era intolerable, ella era la madre de Pandora!

—Pandora toma biberones —declaró Cecelia secamente—. No creo que se necesite un chef para prepararlos.

—Pues yo sí —dijo Luka, y volvió el rostro para mirarla a los ojos—. Así que, por favor, contesta a las preguntas que te hacen. De ahora en adelante necesito saber ese tipo de cosas.

Cecelia cerró brevemente los ojos.

—No. Que yo sepa, Pandora no tiene alergia a ningún alimento.

—Bien —dijo Luka, y volvió el rostro hacia la ventanilla.

En la embajada se mostraron muy eficientes. Sin embargo, el vuelo, para ella, fue un infierno emocionalmente. Luka la ignoró completamente, era como si ella no estuviera allí.

El avión era muy lujoso, Cecelia lo conocía bien, aunque ese día le pareció diferente. En vez de comer con Luka mientras hablaban de trabajo, una vez que Pandora se quedó dormida, le sirvieron la comida a ella sola en la parte posterior de la zona de estar.

La comida estaba deliciosa, pero Cecelia no tenía apetito y se limitó a moverla de un lado a otro en el plato con el tenedor. Se sentía rara comiendo sola mientras Luka y Amber, sentados a una mesa, hablaban de los cambios en el programa de trabajo de él.

«Eso era lo que yo hacía», pensó Cecelia. Aquella vida había quedado atrás. Ahora todo era diferente, a excepción de lo que sentía por Luka.

Después de la comida, Cecelia se quedó adormilada.

Amber estaba trabajando con el portátil y, aunque cansado, Luka estaba demasiado excitado como para dormir. Se levantó del asiento y fue a ver a la hija de cuya existencia se había enterado el día anterior.

Pandora era pura perfección.

Entonces, volvió el rostro, miró a la madre de la niña y, en esa ocasión, sus rasgos no se endurecieron.

Cecelia llevaba un vestido de lino gris bastante arrugado y notó que necesitaba un corte de pelo. Tenía ojeras e incluso los labios se le veían demasiado pálidos.

Era como si todo el color de Cece, toda su energía, la hubiera absorbido Pandora. Y su ira disminuyó un poco al pensar en todo lo que ella debía de haber pasado.

Entonces, como si hubiera sentido su presencia, Cecelia abrió los ojos y los clavó en los suyos.

—¿Por qué no te tumbas un rato? —sugirió él.

—Pandora se va a despertar pronto.

—Estoy aquí yo.

Se sintió despreciada cuando Luka la llevó a una cabina, aunque le resultó una bendición tumbarse después de una noche de locos haciendo el equipaje para ir a Xanero.

Desde el aire, pocos minutos antes de aterrizar, Cecelia paseó la mirada por las iglesias ortodoxas de redondas cúpulas que salpicaban la isla junto a pequeñas construcciones blancas, todo ello rodeado por un mar azul.

Tomaron tierra detrás de un extenso complejo turístico y desde allí un coche les llevó a la casa que ella iba a ocupar durante una semana.

Luka salió del vehículo y tomó a Pandora en sus brazos, luego se dirigió a la casa, abrió una puerta azul cobalto y se hizo a un lado para dejar pasar a Cecelia.

La casa era preciosa, con suelos de mosaico, enormes sofás y vistas al mar. Pero a Cecelia le resultó difícil asimilar aquello en presencia de Luka.

—Aquí estaré muy bien, gracias.

—Quiero saber si tienes todo lo que Pandora necesita.

Todo lo que podía necesitar estaba allí y mucho más que eso. Incluso tenía piscina privada. Fue entonces cuando pensó en los comienzos de Luka, en sus primeros trabajos, y la idea de que hubiera estado con otras mujeres despertó sus celos y la enfureció.

Por supuesto, no dijo nada. Guardó silencio mientras él le enseñaba la casa... hasta que llegaron a lo que era visiblemente el cuarto de Pandora.

La habitación tenía cortinas blancas de organza que flotaban con la brisa en las ventanas y una cuna de madera oscura con ropa de cama blanca. Encima de una mesa había un pequeño teléfono intercomunicador. Pero ese cuarto estaba muy lejos de la habitación principal.

—Pandora duerme conmigo.

—Tengo una habitación idéntica en mi casa —dijo Luka—. La niñera sugirió que sería mejor para la niña encontrarse en un lugar que le resultara familiar cuando esté conmigo.

Sí, tenía sentido, pero a Cecelia se le encogió el corazón.

—Quiero que pongan la cuna en mi cuarto.

—Como quieras —respondió Luka.

—Y Pandora es demasiado pequeña para pasar la noche en otra casa.

—No le das el pecho —observó él.

—Vaya, otro fallo mío, ¿no?

—Cecelia, por favor, madura un poco —le espetó él.

—Luka, no quiero que se despierte y no me encuentre —Cecelia empezaba a asustarse, pero no quería que Luka se lo notara—. No voy a permitir que se la separe de mí por las noches.

—Te preocupa pasar una noche sin tu hija; sin embargo, me condenaste a no saber de ella durante los tres primeros meses de su vida. Me negaste la oportunidad de ver a mi hija nacer, así que no te quejes ahora de no pasar una noche con ella. Cecelia, ya es hora de que aceptes que yo soy su padre y que no voy a desaparecer.

Luka la vio tragar saliva y parpadear.

—¿Te pasa algo?

—No, es solo que tengo calor...

Luka frunció el ceño, dentro de la casa se estaba muy bien, no hacía calor.

—He pasado la noche haciendo el equipaje, asegurándome de no olvidar nada...

—Ya te dije que yo me encargaría de todo eso.

—No estoy acostumbrada a...

Cecelia se interrumpió. Estaba acostumbrada a encargarse de todo y aún no se había hecho a la idea de que las cosas ya no eran como antes. Lo que la desconcertaba y la reconfortaba simultáneamente. No era el calor el problema, sino el agotamiento.

—Como suponía que no tendrías tiempo de hacer compras, le he pedido a Amber que se encargue de comprarte ropa.

—No necesito ayuda para vestirme, Luka.

—No creo que un traje de chaqueta azul marino sea la indumentaria ideal para este lugar.

—Tú no sabes cómo me visto fuera del trabajo.

—Me lo puedo imaginar.

Luka tenía razón.

—De todos modos, te pido disculpas —dijo Luka de repente, sorprendiéndola—. La ropa que te pongas es asunto tuyo.

Fue una disculpa ambigua que provocó en ella una carcajada carente de humor.

—Estoy más delgada que el año pasado —declaró ella—. Encontrar ropa adecuada para una estancia en Grecia así, en el momento, no ha sido una de mis prioridades.

—En ese caso, es una suerte que alguien se esté encargando de ello, ¿no te parece? —dijo Luka, y ella asintió—. ¿Necesitas algo más?

—No.

—Hay un balneario y un salón de belleza en el complejo. No necesitas cita previa. Les he dicho que te admitan cuando tú quieras ir. También tienes una mesa reservada en el restaurante durante toda la semana, es para ti sola. Naturalmente, si prefieres comer y cenar aquí, no tienes más que decirlo.

Cecelia asintió.

—Cuando Pandora se despierte, solo necesitas marcar este teléfono, es el de la niñera, ella vendrá a por Pandora.

–¿Cómo has podido contratar a una niñera en tan poco tiempo, Luka? No voy a poner a Pandora en manos de una persona que has contratado a toda prisa y...

–En el complejo turístico trabajaban varias niñeras y, dada la clientela, te aseguro que son extraordinarias. Lo mejor de lo mejor. La que he elegido para Pandora se llama Roula, lleva trabajando aquí más de cinco años y, en el pasado, fue la niñera de un miembro de la realeza. Cuando tú dejaste a Pandora con tu vecina no lo consultaste conmigo. Supongo que quieres lo mejor para nuestra hija, igual que yo.

Luka dio a Pandora un beso, le entregó a la niña y se marchó.

Poco tiempo después, sonó el timbre de la puerta. Cuando Cecelia abrió, se encontró con Amber acompañada de dos hombres y otra mujer muy atractiva vestida con un pareo.

–Luka me dijo que no tendría tiempo para hacer el equipaje –dijo Amber entrando en la casa seguida de los dos hombres que cargaban con bolsas de marcas de diseño–. No le molestaremos mucho.

Cecelia agradeció a Luka la excusa que le había dado a Amber respecto a la ropa.

–Esta es Roula –explicó Amber–, la niñera.

¡Cielos! Se había imaginado a una niñera vestida con uniforme blanco y zapatos de suela de goma. Sin embargo, aquella mujer iba descalza y era hermosísima.

–Luka me ha aconsejado venir para que me conociera –dijo Roula–. Además, así podrá decirme todo lo que necesito saber para cuidar de su hija. Facilitará las cosas.

Todo sería mucho más fácil si Roula no fuera tan guapa.

Pandora se despertó y sonrió cuando Roula la conoció y no lloró cuando la niñera la tomó en sus brazos.

–Sophie, la madre de Luka, está deseando conocer a la niña –dijo Roula–. La animará mucho, después de la muerte de su marido.

Cecelia no pudo evitar que Roula desapareciera con su hija para ir a ver a la madre de Luka. Y le dolió. No solo por separarse de su hija, sino porque iba a haber una reunión familiar, una abuela iba a conocer a su nieta, y a ella la habían excluido.

Al quedarse sola, abrió un enorme armario ropero de madera oscura para ver la ropa que habían elegido para ella. Entre las prendas había varios bañadores de una pieza sumamente sexys y un bikini, que se imaginaba no se pondría. Entre ropa muy colorida vio un vestido dorado rosáceo, del mismo tejido que el bikini, y un chal haciendo juego.

También le habían llevado aceites y fragancias para el baño. Y eso sí que le hacía falta. Al igual que un buen corte de pelo.

Capítulo 12

AQUEL paraíso era un lugar muy solitario sin él. Pidió que le llevaran el almuerzo a la casa y, después de comer, se echó una siesta. Cuando se despertó, se puso el más discreto de los bañadores, agarró un libro y se fue a leer al lado de la piscina.

Pero no pudo concentrarse en la lectura. Con demasiada frecuencia, interrumpió la lectura para pensar en la disipada juventud de Luka.

Al final, decidió dejar el libro, se puso un pareo y fue a dar un paseo por la playa privada de Luka.

El Mediterráneo brillaba como un zafiro infinito y la arena blanca estaba inmaculada, pero ahí tampoco encontró consuelo. En la distancia, vio anclado el barco de Luka y recordó la mañana que Luka la había invitado a reunirse con él.

Luka y ella eran dos polos opuestos, eternamente unidos por la hija a la que ambos adoraban. El año que había trabajado para él había sido un infierno, pero lo de ahora era mucho peor. La tortura no acababa al final de la jornada laboral y ya no podía dejar el trabajo. Ahora, Luka era también parte del futuro, parte de su vida.

De momento, el comportamiento de Luka era irreprochable; pero pronto ella tendría que soportar la presencia de esas bellezas que solían acompañarle y la disipada vida social de él. Pronto vería la última conquista de Luka tomando el sol en una tumbona o jugando con su hija.

No había escapatoria posible.

En unos años, no demasiados, Pandora oiría comentarios sobre las novias de su padre.

Cecelia regresó a la piscina de la casa en la que se hospedaba y allí encontró a Luka. Ella le hizo apartarse del sol inmediatamente. Iba solo con un bañador y tenía a Pandora en los brazos, la niña dormía e iba solo con un pañal.

—Hay que proteger a Pandora del sol —le amonestó Cecelia.

—Apenas le ha dado el sol —dijo Luka—. Se ha dormido en el camino. ¿Quieres que la acueste?

Cecelia asintió y sujetó la puerta de la casa para que él entrara con su hija. Luka llevaba el cabello mojado, debía de haber estado bañándose en la piscina.

—No has tenido a Pandora al sol al lado de la piscina, ¿verdad? —quiso cerciorarse Cecelia.

—Ha estado en la piscina, pero a la sombra. Y el baño le ha encantado.

—¡La has metido en la piscina! —exclamó Cecelia con horror siguiéndole dentro de la casa—. Luka, es demasiado pequeña.

Cecelia estaba horrorizada y furiosa, pero se contuvo debido a la ternura con que Luka acostó a la niña. Pandora estaba agotada.

Luka cubrió a la niña con la sábana y, al dirigirse a la puerta de la habitación para salir, evitó mirar la cama de Cecelia.

Se recordó a sí mismo lo furioso que estaba con ella; sin embargo, no podía evitar que esa mujer le excitara.

Ya fuera de la habitación, Luka se dirigió a la cocina, abrió el frigorífico, sacó una botella de vino y luego agarró dos copas.

—Esta es mi casa hasta que me vaya —observó Cecelia, disgustada con la intromisión de él.

—En ese caso, sirve tú el vino —Luka le dio la botella y las dos copas—. Te espero fuera.

¡Qué arrogante era ese hombre! Pero, aunque estaba muy enfadada, había quedado claro que Luka quería hablar con ella. Pero él tendría que escucharla también, y no iba a permitirle que volviera a meter a Pandora en la piscina.

Cuando Cecelia salió de la casa, no fue la luz del sol lo que la deslumbró, sino la belleza de él. Luka estaba tendido en una de las tumbonas solo con un bañador.

Cecelia le dio un vaso de vino, ella tenía solo agua en la copa.

—Luka, tenemos que hablar de Pandora...

—Lo sé y es la única razón por la que he venido —la interrumpió él.

—¿Qué tal tu madre con ella?

—Muy bien. Está encantada de tener una nieta —Luka trató de seguir enfadado, pero cada vez le costaba más trabajo; en realidad, no veía muchos motivos para ello—. Pero está preocupada por ti y por todo lo que has tenido que pasar estando sola.

—Ah.

Y a él también le preocupaba. Pero, sobre todo, le

preocupaba algo de lo que necesitaba hablar con ella urgentemente.

—He estado hablando con los de relaciones públicas de la empresa y me han dicho que, en este momento, los medios de comunicación están muy interesados en mí.

A Cecelia se le encogió el corazón.

—Con la muerte de mi padre y los hoteles que acabamos de inaugurar... —no se molestó en explicar más, sabía que Cecelia lo entendería inmediatamente. A los medios de comunicación les encantaría indagar en la vida de un multimillonario que ahora era padre.

Luka notó al instante la preocupación de ella.

—Te aseguro que aquí no va a pasar nada. Nadie te va a sacar una foto mientras estés en este complejo turístico, la seguridad es férrea. El único lugar de riesgo es mi barco.

—En ese caso, no pienso pisarlo —Cecelia esbozó una tensa sonrisa—. No obstante, no creo que se me exija estar encerrada entre cuatro paredes...

—En primer lugar, este complejo no es una cárcel, ¿no te parece? Puedes pasear kilómetros y kilómetros; y, además, está mi playa privada. Así que yo no diría que estar aquí es estar encerrada entre cuatro paredes. Y, si quieres ir al pueblo con Pandora, no hay problema. No creo que una madre con una hija despierten demasiado interés.

—Pero... ¿y si vieran a Pandora contigo? ¡Dios mío! —Cecelia se puso en pie y dirigió la mirada hacia el mar como si esperase ver cientos de cámaras apuntándoles con los objetivos.

—Ya te he dicho que dentro del complejo no hay

ningún riesgo y yo no voy a acompañaros si salís de aquí a dar un paseo.

—¿Y en Londres?

—De momento, voy a ver a Pandora aquí.

—Pero si, como has dicho, quieres formar parte de la vida de Pandora, ¿es que no vas a verla en Londres?

—A Pandora sí la voy a ver, a quien no voy a ver es a su madre. Amber está reorganizando mi trabajo con el fin de que, de ahora en adelante, pueda trabajar desde aquí una semana al mes.

—¿Y yo, qué se supone que tengo que hacer, adaptar mi vida a tus necesidades?

—¡Un momento! Si hubieras hecho lo que deberías haber hecho, habríamos tenido tiempo suficiente para organizarnos mejor. Si te hubieras molestado en decirme que iba a ser padre, yo podría haber hecho las cosas de otra forma.

—Entiendo —dijo Cecelia, y alzó una mano para hacerle callar.

—No, creo que no lo entiendes —dijo Luka—. En primer lugar, no te creo, no creo que fueras a decírmelo. Me resulta increíble pensar que podría haberme pasado la vida sin saber que tenía una hija. ¡Pandora es mi hija!

En la aspereza de la voz de Luka, Cecelia notó el daño que ella le había hecho.

—Luka, supuse que me dirías que era problema mío.

—Supusiste demasiadas cosas.

—Fue lo que mi padre le dijo a mi madre.

—¿Tu madre te contó eso?

—No. La única vez que vi a mi padre él le estaba

gritando a mi madre, recordándole que le había dado dinero para que abortara. Por supuesto, yo no sabía lo que era abortar, era demasiado pequeña, pero acabé enterándome.

—Yo jamás te habría pedido que abortaras.

—¿Qué me habrías dicho? —preguntó ella, enfadada.

—No sé...

—¡Pues yo tampoco! —exclamó Cecelia, después hizo un esfuerzo por controlarse.

—De lo que sí puedes estar segura es de que me habría encargado de ti y me habría asegurado de que hubieras tenido el mejor parto posible. Y habría asistido al parto. Y quién sabe lo que hubiera podido ocurrir entre nosotros dos.

Sí, estaba enfadado. Pero también comprendía mejor la situación.

—Deberías haber tenido la suficiente confianza en mí como para decírmelo.

—¡Confianza en ti! ¿Con la clase de vida que llevas y tu actitud respecto a las mujeres?

—La mayoría no tienen problemas conmigo —respondió Luka—. Tengo relaciones con mujeres que saben lo que quieren y a quienes les gusta divertirse —Luka vio a Cecelia enrojecer—. Mujeres que no se arrepienten de...

—Mujeres que te pagaban.

—¿Sabes una cosa, Cecelia? Antes me gustabas, pero me he cansado de tus continuos reproches.

Aunque lo que veía en los ojos de Cecelia no eran reproches, sino celos. Y deseo.

—Antes, lo único que te importaba era ser la asistente personal perfecta. Ahora, estás decidida a ser la madre perfecta. Pero, desgraciadamente, no sabes divertirte, pasar un buen rato.

—Sí sé.

—¡Ni siquiera te has bañado en la piscina!

—No tienes derecho a decirme lo que tengo que hacer —respondió Cecelia—. Y en cuanto a la piscina, no quiero que Pandora se meta en el agua...

—Roula es profesora de natación y, dado que Pandora va a pasar mucho tiempo al lado del mar, me parece buena idea enseñarle a nadar.

—¡Es una niña de tres meses!

—Y ha conseguido salir a la superficie sola.

—¿Me estás diciendo que la has tirado al agua?

—Roula y yo estábamos en el agua con ella.

Pandora en el agua, Luka y Roula, ellos dos con su hija... Cecelia se puso enferma solo de pensarlo.

—Quiero volver a casa con Pandora —declaró Cecelia—. Todo esto es demasiado, Luka. Quiero volver a Londres con mi hija.

—¡No! De ahora en adelante vas a pasar aquí una semana al mes —esa mujer le sacaba de quicio.

Entonces, sin pensar, la agarró, se la echó al hombro y la llevó a la piscina.

—¡Luka!

Luka la tiró al agua sin más. Cuando Cecelia salió a la superficie, oyó otro chapuzón.

Luka se había tirado al agua también.

—¡No tienes derecho! —le gritó ella.

—¿Nunca te habían tirado al agua?

—Por supuesto que no.

—¿Sabes nadar?

—Claro que sé nadar.

Cecelia reconoció lo agradable que era estar en el agua, de cara a él, sintiendo las manos de Luka en su cintura y el sol en los hombros. Y también reconoció lo bueno que era que su hija hiciera cosas que ella solo había podido hacer de pequeña en su imaginación, igual que tener un padre que la quisiera.

Pero le asustaba volver a dejarse seducir por él.

Capítulo 13

CECELIA se despertó temprano. Había soñado con Luka, el cuerpo entero le latía de deseo. Con un gran esfuerzo, abrió los ojos, se levantó de la cama y fue a ver a Pandora.

Su hija dormía.

Llevaban casi una semana allí y habían empezado a acostumbrarse a la rutina de aquel lugar. Las primeras horas de la mañana las disfrutaba a solas con Pandora; pero, a eso de las once, Roula iba a recoger a la niña para llevarla con su padre. Luka entonces dejaba el trabajo, se tomaba un descanso, y pasaba tiempo con su hija y su madre. A primeras horas de la tarde, después de una siesta, Pandora volvía con ella.

Era una rutina agradable. Cecelia ya se bañaba en la piscina todos los días y después se iba a pasear a la playa privada de Luka.

El último día de la estancia de Cecelia en Xanero, Luka fue a la playa a reunirse con Cecelia intencionadamente. Aún no le había perdonado haber mantenido en secreto la existencia de Pandora, pero empezaba a comprender sus motivos: Cecelia había dudado de que él pudiera ser un buen padre y un hombre dispuesto a formar una familia.

Y Cecelia había supuesto correctamente, pero él quería cambiar. Seguía deseando a Cecelia, pero sabía que debía ir despacio.

—Hola —dijo Luka, sorprendiéndola.

—¿Dónde está Pandora?

—Con mi madre, recibiendo todo tipo de mimos —respondió él—. A propósito, mi madre quería invitarte a desayunar mañana, antes de que nos vayamos.

—Llevo aquí una semana...

—Cecelia, mi madre quería invitarte desde el primer día. He sido yo quien ha preferido mantener las distancias...

—¿Por qué?

—Porque soy así. Y porque estaba enfadado.

Echaron a andar por la playa.

—Sin embargo, tenemos una hija. Mi madre tiene una nieta... —Luka miró fijamente a Cecelia—. ¿Tus tíos saben algo de mí?

—No —Cecelia sacudió la cabeza—. Me habrían querido obligar a ir a un abogado para sacarte dinero. Tenías razón, me llevaron a su casa porque les dieron dinero.

Cecelia desvió la mirada hacia el mar, hacia el barco de él, y Luka lo notó.

—¿Te apetecería almorzar en el barco? —preguntó Luka.

—No, gracias —ya le resultaba suficientemente difícil caminar al lado de él sin derrumbarse. Le deseaba con desesperación—. Creía que el único motivo por el que yo he venido aquí es porque querías pasar unos días con tu hija.

—Aunque no lo creas, tengo mucho trabajo hoy, la

situación se estaba complicando mucho antes de que mi padre muriera.

—Siento mucho que no haya conocido a su nieta —dijo Cecelia—. Y lo digo con toda sinceridad. Me siento culpable de que él no haya...

—No, Cecelia, no sigas —Luka sacudió la cabeza y volvió a mirarla fijamente—. ¿Quieres saber la verdad?

—Sí, claro —respondió ella con una leve sonrisa.

—Si mi padre hubiera estado vivo, no habría permitido que se acercara a mi hija. Habría llevado a Pandora a ver a mi madre y eso habría sido todo.

—Yo creía que estabais muy unidos.

—Eso era lo que querían que creyera la gente.

—Sigue, cuéntame —dijo Cecelia con sincero interés.

—Te lo contaré durante la cena —Luka lanzó una mirada al yate—. Es un buen sitio para charlar. He venido aquí porque quería hablar contigo, Cecelia. Verás, mi madre me ha preguntado si Pandora podría pasar la noche con ella.

—No, ni hablar —Cecelia sacudió la cabeza—. He permitido que paséis con Pandora todo el tiempo que queráis, pero la noche la pasará conmigo.

—Cecelia, es su abuela —Luka, exasperado, cerró los ojos—. Mi madre quiere pasar la noche con Pandora y presumir de nieta con sus amigas. Así son las abuelas griegas.

Cecelia se vio presa de un ataque de pánico. Era irracional, lo sabía, porque Pandora estaría rodeada de gente que la quería; sin embargo, no podía soportar la idea de que la niña se despertara en mitad de la noche y se sintiera sola.

—Cecelia, ¿crees que dejaría a mi hija con alguien en quien no confiara plenamente?

No, claro que no. Cecelia lo sabía. Y también sabía que así iba a ser en el futuro.

—Roula también estará allí —dijo Luka—. Cecelia, soy su padre.

—Lo sé —respondió ella, y tragó saliva.

Luka quería ser un padre de verdad. Quería dedicarle tiempo a su hija y quería que su familia formara parte de la vida de la pequeña.

—Quiero llevarte al barco esta noche porque creo que ha llegado el momento de hablar de nosotros.

—¿Nosotros? —Cecelia lanzó una pequeña carcajada cargada de incredulidad—. ¿Qué pasa con nosotros? Tú me odias y yo no soporto la clase de vida que llevas.

—Pero tenemos una hija —declaró Luka—. Y, para que lo sepas, no te odio y, además, creo que estás hablando de la vida que llevaba antes.

Cecelia supuso que se refería a la vida de Luka antes de saber que era padre.

En cuanto a Luka, su enfado se estaba disipando y ahora recordaba lo mucho que había echado de menos a Cecelia durante ese año. Y lo que sentía por ella no había cambiado.

—Cecelia, ántes de que todo el mundo se entere de que tenemos una hija, creo que deberíamos hablar de nosotros. Seguimos deseándonos.

Era un hecho innegable.

—Es posible, pero el sexo solo no es una base para construir una relación.

—¿Por qué no? —Luka se encogió de hombros—. Lo

pasamos bien juntos. Esta noche vamos a tener nuestra primera cita.

«La segunda», quiso corregirle Cecelia. La primera
había sido el día de su cumpleaños un año atrás y había sido la noche más romántica de su vida.

Capítulo 14

EL SALÓN de belleza era extraordinario y ya iba siendo hora de cuidar un poco más su aspecto físico.

Cecelia se cortó el pelo para dejarse una melena justo por debajo de los hombros y se dejó su color natural, rubio rojizo.

Al regresar a la casa, eligió con cuidado la ropa que iba a ponerse. Al final, se decidió por un vestido negro. Como complemento, una rebeca plateada de los tiempos en los que trabajaba.

Miró el collar que Luka le había regalado y se preguntó si debería ponérselo, era su joya preferida. Sin embargo, no quería que Luka supiera que él lo significaba todo para ella.

Cuando Luka fue a buscarla, llevaba traje y corbata. Y la dejó sin respiración, como siempre.

—Estás preciosa —dijo él mientras se dirigían a la lancha motora que iba a llevarles al barco.

Sin embargo, Luka tenía la impresión de que aquello parecía más una cena de trabajo que una cita romántica. Y Cecelia llevaba otra maldita rebeca.

—¿Cómo está Pandora? —preguntó ella, le parecía que había pasado un siglo desde la última vez que había visto a su hija.

–Estupendamente. Está con su yaya y con su tía abuela, la hermana de mi padre –respondió Luka–. Nunca había visto a mi madre tan feliz. Pandora es un bálsamo para ella.

Al subir a bordo del extraordinario barco de Luka, Cecelia no pudo evitar pensar en las juergas que habían tenido lugar allí. No obstante, esa noche no había mujeres casi desnudas ni baile. Y solo se descorchó una botella de champán.

No era el pasado de Luka lo que detestaba, sino la certeza de que él acabaría cansándose de ella y volvería a la vida de antes.

Con una suave música de fondo, les condujeron a una mesa con servicio para dos.

Cecelia comió el mejor calamar de su vida mientras contemplaba la isla de Xanero desde el mar.

–Es un lugar realmente precioso –comentó Cecelia.

–Para mí ha sido una bendición y una maldición al mismo tiempo –dijo Luka–. Esta noche es una bendición.

–¿Lo dices porque tu padre ya no está? –preguntó Cecelia, aludiendo a lo que él le había mencionado en la playa.

Luka asintió.

–Mi madre diría que no se debe hablar mal de los muertos, pero yo no puedo decir nada bueno de él. Era un vago y un pendenciero...

–Yo creía que él y tú trabajasteis juntos en el restaurante y que él te enseñó el negocio.

–Mi padre, como mucho, trabajó doce horas en toda su vida –declaró Luka–. Fue mi madre la que siempre quiso tener un negocio. Yo no quería que mi padre estuviera en el restaurante, pero ella me convenció de que no le echara.

La mirada de Cecelia se perdió en la lejanía.

—Dime, Cecelia, ¿lo has pasado bien esta semana? Me encantaría que te gustara este sitio.

—Ha sido mucho mejor de lo que pensaba.

—Habrá muchas semanas más.

—De eso no me cabe la menor duda —Cecelia volvió a mirarle—. Has dejado muy claro que, si no paso aquí una semana al mes, nos veremos en un tribunal.

—Cecelia, me refería a esto, a nosotros. No soporto saber que estás aquí y no estás conmigo, en mi cama.

Luka la vio cerrar los ojos y supuso que la había presionado demasiado. No obstante, la realidad era que Cecelia estaba tratando de controlar su propio deseo.

—No es necesario que nos precipitemos —añadió Luka—. Pero quizá, cuando vengas aquí con Pandora, podríamos tratar de conocernos mejor, ver si somos capaces de formar una familia...

—¿Y si no lo conseguimos?

—Cecelia...

—No, Luka. Lo que estás proponiendo es que me convierta en tu amante durante la semana al mes que esté aquí con Pandora.

—Lo que estoy proponiendo es que nos demos una oportunidad. Estoy intentando olvidar el hecho de que me ocultaste la existencia de Pandora...

—Eso no me lo vas a perdonar nunca, ¿verdad?

—No lo sé —admitió él.

—¿En serio me culpas por no habértelo dicho? —Cecelia ya no podía contenerse–. ¿Tienes idea de lo mal que lo pasé teniendo que vérmelas con todas esas mujeres a las que dejabas? ¡Estaba loca por ti y tú te ibas con cualquiera menos conmigo!

–¿Y no se te ocurrió decírmelo?

–¡Eras mi jefe!

–Ahora ya no lo soy.

–No, pero es igual. Sé perfectamente lo que pasaba a bordo de este barco y en esa maldita piscina...

–Yo no tengo la culpa de que no hicieras nada que pudiera hacerme imaginar que estabas interesada en mí. De hecho, cuando te contraté, tenías novio. Eras tú quien tenía una relación seria con otro.

–Y tú te acostabas con una distinta cada día –Cecelia dejó la servilleta y se puso en pie–. Quiero volver a la casa.

–Tenemos que hablar –dijo Luka agarrándole la muñeca.

–No, quiero marcharme de este barco.

–Muy bien.

Luka chasqueó los dedos, ordenando así que le prepararan la lancha motora para volver a la isla.

–¿Sabes una cosa? Estoy harto de ver esa mirada de desprecio en tus ojos...

–Alguien tiene que ser responsable –le espetó ella.

–Y tú te designas la única persona responsable en todo momento.

–¡Porque, si me dejo llevar, tengo miedo de acabar como mi madre!

–Cecelia, tú nunca serás como tu madre. Y, si te diera por meterte cocaína, te prometo que te daría unos azotes...

Cecelia estuvo a punto de echarse a reír. Pero las lágrimas le cerraron la garganta.

—¿Te dejaba sola tu madre por las noches? —preguntó Luka.

—Sí, en muchas ocasiones —Cecelia asintió—. A veces, me despertaba por la noche y no sabía dónde estaba mi madre. Por eso no quiero que Pandora...

—La diferencia es que, si Pandora se despierta aquí por la noche, su familia estará con ella, o la niñera. Cecelia, hay una gran diferencia entre la vida que llevaba tu madre y pasar una noche en casa de tu abuela.

Pero Cecelia se dio la vuelta y Luka sacudió la cabeza, pensando que Cecelia jamás entendería su punto de vista.

—Está bien, iremos a ecogerla ahora mismo.

Mientras se dirigían a la isla en la lancha motora, Cecelia se sentía una fracasada. La romántica noche había acabado antes de las diez. Al bajarse de la lancha, se dio cuenta de que Luka tenía razón, Pandora estaba cuidada y querida.

—Luka, no es necesario que vayamos a recogerla, déjala con tu madre y Roula. Sé que está bien con ellas.

—¿Estás segura?

Cecelia asintió.

—Eres una madre maravillosa, Cecelia.

Pero ella sabía que, como amante, habría fracasado. E intentó explicar lo que sentía.

—Luka, tengo miedo de que estemos juntos y hagamos daño a Pandora cuando nos separemos...

—No sabes si nos separaríamos, Cecelia. ¿Y si siguiéramos juntos? Eres muy negativa.

—¡Porque la única vez que me dejé llevar por la situación mira lo que pasó! La única vez que cometí un error...

Cecelia se interrumpió, no había sido su intención calificar a Pandora de error.

—Cecelia, no voy a suplicar. Tú también tienes que querer que nos demos una oportunidad.

Capítulo 15

LUKA se alejó por la playa y Cecelia sabía que había sido ella quien había estropeado la noche. Pero le aterrorizaba enamorarse de él. Sin embargo, lo estaba. Le aterrorizaba admitir que le quería para perderle después...

«Disfruta un poco de la vida», le había dicho Luka en la oficina al tiempo que le cambiaba de sitio una jarra de cerámica sobre su escritorio. «No, gracias», le había contestado ella.

Recordó el día que Luka la había tirado a la piscina, implorándole con la mirada que se relajara, que se liberara.

Luka acababa de ofrecerle la posibilidad de estar juntos, y ella la había rechazado.

Pero quería estar con él y se lo iba a demostrar. Por eso, cuando volvió a la casa, lo hizo para cambiarse de ropa. Se quitó la rebeca, el vestido negro, la ropa interior de color carne y se puso el bikini dorado rosáceo.

¡A lo mejor se daba un baño en mitad de la noche!

Encima del bikini se puso el vestido del mismo tejido y color que el bikini, un vestido suelto y vaporoso a la vez que sensual. Se soltó el pelo y, al mirarse al espejo, vio que tenía las mejillas sonrosadas y, por

fin, sus ojos verdes brillaban después de una semana
de no hacer nada y de dormir bien.

¿O todo eso se debía a que había pasado una semana cerca de Luka? Habría muchas más semanas si
se atrevía a probar...

Se puso el collar y se dirigió al restaurante en el
que todavía no había estado. Al llegar al precioso establecimiento, lo primero que vio fue a Luka, sentado
a la barra, de espaldas a ella.

—Su mesa está lista, señora —le anunció un camarero, y ella recordó que tenía una mesa reservada durante toda la semana.

El encargado del bar le dijo a Luka que Cecelia
estaba allí. Él frunció el ceño, volvió la cabeza y vio
a Cecelia sentarse a su mesa. Aunque, en realidad, no
parecía la misma Cecelia, sino la Cecelia de sus sueños. Estaba deslumbrante y sexy y se rio después de
algo que le había dicho el camarero.

Luka la miró, pero ella a él no. Estaba preguntándose qué se traía Cecelia entre manos cuando el encargado del bar puso una copa de champán delante de
él.

—Para usted, señor, de parte de la señora.

Era como en los viejos tiempos, pero mucho mejor. Al volverse de nuevo hacia ella, Cecelia sí le miró
a los ojos esa vez y alzó su copa al tiempo que asentía
ligeramente con la cabeza. Una invitación a que se
reuniera con él.

¡Estaba coqueteando con él!

¡Le estaba haciendo una proposición!

Luka se acercó a la mesa sin quitarle los ojos de
encima.

–Hace una noche demasiado agradable para beber champán solo –dijo Luka.

–Estoy totalmente de acuerdo –respondió ella–. ¿Quieres sentarte conmigo?

–Me encantaría.

Luka se sentó y clavó los ojos en la mujer que, desde el primer día, le había intrigado. Y nunca tanto como en ese momento, por lo que le resultó fácil representar el papel que tanto juego le había dado años atrás.

–¿Cuánto tiempo vas a estar aquí?

–Mañana vuelvo a Londres –respondió ella–, aunque creo que voy a volver.

–Me alegra saberlo –respondió Luka–. ¿Has venido sola?

–Es algo... complicado. Preferiría no hablar de ello.

–De acuerdo.

–Tengo una hija –dijo ella–, pero esta noche está con su abuela.

–Así que... estás sola.

–Sí. Toda la noche –respondió Cecelia.

–Pobrecita –repuso Luka con una sonrisa, la sonrisa que la había conquistado desde el primer momento–. ¿Cómo te llamas?

–Cece.

–Yo soy Luka. Dime, ¿dónde te hospedas?

–En una de las casas del complejo turístico, la Beach Side.

–Bonita.

–Sí, muy bonita –Cecelia bebió un sorbo de champán y sonrió traviesamente–. Los gastos corren a cargo de mi ex.

—Estupendo —Luka lanzó una carcajada y a Cecelia le pareció el sonido más maravilloso que había oído en la vida.

Entonces, sus miradas se encontraron y la voz de él se tornó seria.

—Debe de ser un imbécil si te ha dejado apartarte de él.

—No, no es un imbécil. Yo le decepcioné.

—Lo dudo —dijo Luka.

—Es verdad. Le oculté algo muy importante.

—En ese caso, debería haberlo superado. O quizá debería haber reflexionado sobre el motivo que te llevó a hacer lo que hiciste.

Luka vio unas lágrimas aflorar a los ojos de ella y decidió que no iba a permitir que Cecelia se entristeciera.

—No me está permitido beber con los clientes en el restaurante —dijo Luka, y las lágrimas de ella se disiparon.

—En ese caso, ¿por qué no vienes a mi casa?

—Sí, ¿por qué no? Aunque debemos ser discretos, así que será mejor que te marches tú primero, luego iré yo.

Cecelia se levantó para marcharse, pero Luka le agarró la muñeca.

—¿Tienes algún capricho? —le preguntó él—. Lo que sea.

Era una invitación a realizar sus sueños, sus fantasías. Y Cecelia la aceptó. Se agachó y le susurró al oído. Después, volvió a incorporarse, preguntándose si Luke se echaría a reír por lo que le había pedido, pero él se limitó a asentir.

—No hay problema.

Cecelia se marchó y, al llegar a la casa, sin encender las luces, se desnudó y se tumbó en la cama. El cuerpo le ardía de deseo.

Oyó un zambullido en la piscina y después le oyó deslizándose por el agua. Al cabo de unos minutos, la puerta de la casa se abrió.

Entonces, chorreando agua, Luka se inclinó sobre ella. Tal y como le había pedido que hiciera.

—Te deseo, Cece... Llevo mucho tiempo loco por ti.

El beso de Luka sabía a agua de mar y su cuerpo estaba fresco y mojado mientras que el suyo ardía.

—Después de ti no ha habido ninguna otra —le dijo Luka.

Pero Cecelia sabía que Luka solo estaba respondiendo a su fantasía.

Luka le introdujo la lengua en la boca y ella sintió el miembro de él entre los muslos. Deseaba que la penetrara; sin embargo, Luka se estaba conteniendo.

—Estoy tomando la píldora —dijo ella.

—Eso te va a costar más —bromeó él.

Ambos se echaron a reír. Pero entonces Luka dejó de reírse y le agarró los brazos y se los subió por encima de la cabeza para sujetarla y obligarla a mirarle a los ojos.

—Te amo —dijo Luka, y ella cerró los ojos.

—Luka, por favor, no.

—Mírame —dijo Luka—. Te amo.

Luka estaba harto de reprimirse, harto de eludir la verdad.

—Por favor, por favor, no digas cosas que no sientes —rogó Cecelia.

—Es la verdad —confesó Luka.

Durante unos momentos, cuando Luka por fin se adentró en ella, Cecelia se permitió creer esas palabras.

Luka lanzó un gemido de alivio al penetrarla, y ella se entregó a ese placer, se dejó llevar por el sueño de que Luka la amaba y de que su amor sería para siempre.

Con los ojos bien abiertos, le miró mientras se movía dentro de ella, mientras la llevaba al borde del clímax y, por fin, la hacía estallar de placer.

—Cece... —dijo Luka con voz ronca y profunda al tiempo que se dejaba ir. Aquel era el mejor lugar del mundo.

Y en la oscuridad de la cálida noche, Cecelia se durmió en los brazos de Luka queriendo creer que aquello era amor.

Capítulo 16

LO HE DICHO en serio –declaró Luka.

Las palabras de Luka la despertaron. Las manos de él le acariciaron los pechos mientras jugueteaba con las piedras del collar. Eran rubíes, no cristal, un regalo excesivo para una asistente personal.

–¿Por qué no me dijiste lo que sentías por mí, Cece?

–Porque todas las mujeres en tu vida han hecho el ridículo y yo no quería ser una de ellas.

Luka no tenía argumentos contra eso.

–Si no fuera por Pandora, no estaríamos juntos ahora –añadió Cecelia.

–El día que te vi por casualidad en la calle, si hubieras estado sola, habría salido del coche para hablar contigo –dijo él–. Cuando mi padre murió, la única persona con la que quería estar era contigo. Pero decidí esperar, me dije a mí mismo que estaba confuso; sin embargo, me estaba mintiendo a mí mismo. Desde la noche que estuve contigo, no ha habido ninguna otra.

Cecelia empezaba a creer que quizá existiera la posibilidad de estar juntos, pero su mente estaba acostumbrada a dudar de todo.

–Aunque decidiéramos probar a estar juntos, un

día acabarías echándome en cara no haberte dicho lo de Pandora...

—¿Y eso sería el fin del mundo? –preguntó Luka.

Pero Luka sonrió y, en esa sonrisa, Cecelia atisbó un futuro en el que Luka le recriminaba aquel hecho, pero sin mayores consecuencias.

—No.

—Además, si te echara en cara eso, tú siempre podrías echarme en cara haberme acostado con tantas mujeres, las flores que compraste en mi nombre y... lo imbécil que he sido.

—Sí –Cecelia no sabía si reír o llorar.

—Cásate conmigo, Cece.

Cecelia se sentó en la cama, no estaba segura de haber oído bien.

—Creía que no querías que nos precipitáramos. Voy a volver dentro de unas semanas y...

—Si crees que voy a dejar que te subas a un avión hoy es que no me conoces.

Cecelia le miró y sonrió. Esa sonrisa significaba el verano para Luka.

—¿Sabes qué día es hoy?

Cecelia negó con la cabeza.

—Es tu cumpleaños.

En esa ocasión, nada de velas ni tarta ni collares, el regalo era un anillo.

—No quiero que ningún otro cumpleaños tuyo pase desapercibido –declaró Luka–. ¡Y ahora venga, vamos, tenemos que ir a nuestra boda!

—No podemos casarnos así, sin más –dijo Cecelia riéndose–. Tenemos que decírselo a la gente, preparar...

—La isla entera es prácticamente mía –observó él–.

Puedo hacer lo que se me antoje. Ya nos encargaremos de las legalidades en otro momento. Puede que incluso tengamos que casarnos otra vez; pero hoy, quiero ese anillo de boda en tu dedo y... se va a quedar ahí para siempre.

—¿Y Pandora?

—En Grecia, los hijos no suelen asistir a la boda de sus padres —respondió Luka sonriendo.

—Luka, no tengo ropa...

—Da igual, estoy dispuesto a casarme contigo envuelta en una sábana. Pero, Cece... tú también tienes que querer casarte conmigo.

—Sí, quiero.

—Y tendrás que luchar por nosotros también. Y ahora, nos vamos a casar y, después, iremos juntos a recoger a nuestra hija. Como matrimonio, como sus padres...

Cecelia llevaba un pareo atado al cuello. Los rizos rubio rojizos le caían sobre los hombros mientras se mantenía muy derecha en la cubierta del barco y miraba a Luka.

Él iba vestido con pantalones negros y camisa blanca, pero no llevaba corbata y no se había afeitado.

Fue una ceremonia informal, impulsiva y maravillosa.

—Te amo —dijo Luka al deslizarle el anillo de boda en el dedo—. Y, si me tengo que pasar la vida demostrándotelo, lo haré.

—Ya me lo has demostrado —respondió Cecelia—. Y yo estoy orgullosa de ser tu esposa.

Y así era. Cecelia estaba orgullosa de ese hombre, no solo por lo que era, sino también por lo que había sido, un hombre fuerte que había salido triunfante de un mal comienzo en la vida.

Y las palabras de Cecelia le llegaron al corazón.

Ya en tierra, se dirigieron juntos a la casa de la madre de Luka. Cecelia, algo nerviosa, vio a Sophie sentada en una mecedora con Pandora. Al lado de ellas había una caja grande con envoltura plateada y una tarta de cumpleaños.

El sol brillaba en el firmamento. En aquel lugar reinaba la paz y la tranquilidad. Y Luka y ella juntos, como familia, se reunieron con su hija.

Bianca

**Simplemente la había contratado
para que fuera su esposa...
hasta que ella le hizo desear algo más**

LA MUJER
TEMPORAL
DEL JEQUE

Rachael Thomas

Tiffany era la candidata perfecta para ser la esposa temporal de Jafar Al-Shehri. A cambio de subir con él al altar, el jeque pagaría todas las deudas de su hermana. Pero aquel conveniente acuerdo que le aseguraba la corona de su reino pronto llevaría a una pasión desenfrenada. El trono de Jafar seguía en peligro... ¿Sería suficiente el deseo que sentían el uno por el otro para que Tiffany se convirtiera en algo más que la esposa contratada del jeque?

Acepte 2 de nuestras mejores novelas de amor GRATIS

¡Y reciba un regalo sorpresa!

Oferta especial de tiempo limitado

Rellene el cupón y envíelo a
Harlequin Reader Service®
3010 Walden Ave.
P.O. Box 1867
Buffalo, N.Y. 14240-1867

¡Si! Por favor, envíenme 2 novelas de amor de Harlequin (1 Bianca® y 1 Deseo®) gratis, más el regalo sorpresa. Luego remítanme 4 novelas nuevas todos los meses, las cuales recibiré mucho antes de que aparezcan en librerías, y factúrenme al bajo precio de $3,24 cada una, más $0,25 por envío e impuesto de ventas, si corresponde*. Este es el precio total, y es un ahorro de casi el 20% sobre el precio de portada. !Una oferta excelente! Entiendo que el hecho de aceptar estos libros y el regalo no me obliga en forma alguna a la compra de libros adicionales. Y también que puedo devolver cualquier envío y cancelar en cualquier momento. Aún si decido no comprar ningún otro libro de Harlequin, los 2 libros gratis y el regalo sorpresa son míos para siempre.

416 LBN DU7N

Nombre y apellido	(Por favor, letra de molde)
Dirección	Apartamento No.
Ciudad	Estado	Zona postal

Esta oferta se limita a un pedido por hogar y no está disponible para los subscriptores actuales de Deseo® y Bianca®.
*Los términos y precios quedan sujetos a cambios sin aviso previo.
Impuestos de ventas aplican en N.Y.

SPN-03 ©2003 Harlequin Enterprises Limited

DESEO

*Fuera lo que fuera lo que había sucedido
la noche del apagón les cambió la vida*

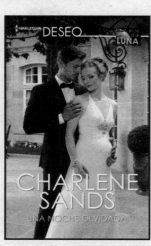

Una noche olvidada

CHARLENE SANDS

Emma Bloom, durante un apagón, llamó a su amigo Dylan McKay para que la socorriera. El rompecorazones de Hollywood acudió a rescatarla y a dejarla sana y salva en su casa. Emma estaba bebida y tenía recuerdos borrosos de aquella noche; y Dylan había perdido la memoria tras un accidente en el rodaje de una película.

Sin embargo, una verdad salió pronto a la superficie. Emma estaba embarazada de un hombre acostumbrado a quitarse de encima a las mujeres que querían enredarlo. Pero Dylan le pidió que se casara con él. Hasta que, un día, recuperó la memoria...

Bianca

En la vida perfectamente organizada de Rafael, no había lugar para el romance

UN HOMBRE ARROGANTE

Kim Lawrence

El primer encuentro de Libby Marchant con el hombre que se convertiría en su jefe acabó con un accidente de coche.

La imprevisible y atractiva Libby desquiciaba a Rafael. Afortunadamente, era su empleada y podría mantenerla a distancia. Al menos, ese era el plan. Pero, muy pronto, su regla personal de no mezclar el trabajo con el placer iba a resultar seriamente alterada. Y lo mismo su primera intención de limitar su relación a un plano puramente sexual...